KB121468

창귀무雙 1

2023년 11월 7일 초판 1쇄 인쇄
2023년 11월 10일 초판 1쇄 발행

지은이 송장벌레
발행인 강준규

기획 이기헌 왕소현 임동관 박경무 강민구 조익현
책임편집 김홍식
마케팅지원 이원선

발행처 (주)로크미디어
출판등록 2003년 3월 24일
주소 서울시 마포구 마포대로 45 일진빌딩 6층
Tel (02)3273-5135 **Fax** (02)3273-5134
홈페이지 rokmedia.com **E-mail** rokmedia@empas.com

© 송장벌레, 2023

값 9,000원

ISBN 979-11-408-1785-6 (1권)
ISBN 979-11-408-1784-9 04810 (세트)

송장벌레 신무협 장편소설 ①

차례

산 중 호걸이라 하는

……어렸을 적.

사람들은 나를 쓰레기, 혹은 노예라고 불렀다.

조금 더 큰 뒤에는 주로 잡초, 독종 같은 멸칭으로 통했다.

장성한 뒤에는 독사창(毒蛇槍)이나 창귀(槍鬼)라는 말도 들어봤다.

지고의 경지에 오른 뒤에는 잠시지만 창왕이라는 과분한 별호로 불리게 되었던 적도 있었다.

그런데 이게 웬걸?

"응애-"

이제 다시 쓰레기라고 불리게 생겼다.

이제 막 열대여섯 살쯤 되었을까.

앳된 외모의 소년 하나가 산기슭에 서 있다.

"응애?"

소년은 황당함이 가득한 어조로 아기 울음소리를 한번 흉내 내어 보았다.

"음. 그렇군. 그 정도로 어리진 않은가."

추이(酋耳).

성은 없고, 그냥 이름만.

아무튼 그는 돌아왔다.

혈(血)과 마(魔)가 뒤섞여 있던 전장의 저편에서, 때 묻지 않은 어린 시절의 몸으로.

그리고 그런 그를 환영해 주는 인파가 있었다.

"뒈져라!"

녹림도(綠林徒).

산에 숨어 행인들을 죽이고 재물을 앗아 가는 몹쓸 도당.

그들이 깊은 산속을 지나는 한 표국을 야습하고 있는 중이었다.

"……."

추이는 수염 한 올 없는 보송보송한 턱을 손으로 쓸었다.

'과연. 그러고 보니 이때쯤이었지. 쟁자수로 일하던 때가.'

추이는 본디 남방의 소수민족 출신이었다.

외세에 의해 부족이 전멸당한 뒤, 유년시절의 그는 점소이나 쟁자수를 비롯한 일들을 전전하던 끝에 군에 입대하게 된다.

군에 입대한 뒤로 추이는 수많은 전장을 누볐다.

의(衣)는 다 떨어진 군복 한 벌이면 족했고, 식(食)은 배급으로 나온 감자 한 알이면 되었다.

주(住)는 전장이었다.

창을 베고 누웠고, 시체를 덮고 잤으며, 뜨거운 피와 차가운 밤이슬로 몸을 씻었다.

천성을 그렇게 타고난 것일까, 아니면 적성이 개화한 것일까.

그는 창 한 자루를 꼬나 쥔 채 수없이 많은 사람을 죽이면서도 정작 본인은 한 번도 죽지 않을 수 있었다.

한평생 전장만 떠돌다가 죽어 버리라던 망자들의 저주 때문일까.

추이는 회귀하고 나서도 이렇게 전장에 오도카니 서 있는 것이다.

……하지만.

예나 지금이나, 그는 몸을 가만히 놔둘 수 없었다.

본인이 그러한 성격도 아니었거니와, 도무지 세상이 그를 그렇게 놔두지 않았다.

"이 꼬맹이는 뭐야?"

지나가던 산적 하나가 추이를 봤다.

그는 창끝을 치켜들며 말했다.

"표사는 아니고. 쟁자수인가?"

추이는 대답하지 않았다.

다만 눈앞에 있는 적을 가만히 바라보고 있을 뿐이다.

충혈된 눈.

과부하에 걸린 몸.

그걸 자각하지 못하고 있는 대가리.

전장에 처음으로 나와 본 인간이 보이는 전형적인 반응이다.

피맛에 눈이 돌아가 버린 초짜에게 여자나 어린애, 노인들을 배려해 줄 여유 따위는 없다.

예상대로, 산적은 창을 꼬나 쥔 채 추이에게 달려들었다.

"호질표국 놈들은 다 죽인다아아아아!"

그것이 그의 불행이었다.

키리릭— 터억!

추이는 코끝까지 밀려 들어온 창을 너무나도 쉽게 피해 버렸다.

그리고 한때 지문이 닳아 사라져 버릴 정도로 훈련받았던 금나수법을 사용해 상대의 창대를 잡아챘다.

"어?"

산적의 표정이 멍해졌다.

그리고 그대로 굳어 버렸다.

푹—

추이가 산적의 창을 빼앗자마자 그것으로 그의 심장을 관통해 버렸기 때문이다.

"무공(武功)은 사라졌으되, 무리(武理)는 남았다. 이거면 충분하지."

호흡을 할 때마다 단전 안쪽으로 매운 열기가 피어오른다.

미미하게나마 내공이 쌓였다.

전생에 익힌 무공은 비록 속성의 마공(魔功)이기는 했으되, 말단 병사로서 살아남기 위해서는 꼭 필요한 것이었다.

내력을 끌어올리는 추이의 눈빛이 검붉게 변했다.

콱—

그는 산적의 심장을 관통한 창을 그대로 들어 올렸다.

사람 죽이는 법을 몸이 기억하고 있다.

사람이 기억을 잃어도 숨 쉬는 법은 잊지 않듯, 추이의 몸은 전생의 살인기예(殺人技藝)를 똑같이 재현해 내고 있었다.

그때.

"으아아, 이 괴물!"

뒤에서 비명에 가까운 악다구니가 들려왔다.

고개를 돌린 곳에는 한 산적이 활을 들어 이쪽을 겨누고 있는 것이 보인다.

피잉– 퍽!

산적이 쏜 화살이 추이의 이마를 향했다.

하지만.

"……."

추이는 고개를 옆으로 틀어 화살을 비켜 냈다.

화살이 아슬아슬하게 스쳐 지나간 이마에서는 그저 한 줄기 피가 흘러내렸을 뿐이다.

살가죽만 찢고 두개골은 뚫지 못한 것이다.

산적은 당최 무슨 일이 일어난 것인지 알지 못했고, 그것이 그대로 그의 사인(死因)이 되었다.

뿌욱!

추이의 창이 활 든 산적의 옆구리를 관통했다.

이제 창에는 두 사람의 몸이 꿰이게 되었다.

하지만 그것도 모자란지, 추이는 그 창을 그대로 들어 올렸다.

"뭐냐, 이 미친놈은!? 죽어라!"

능선을 따라 올라온 거구의 산적이 추이를 향해 도끼를 휘둘렀다.

하지만.

뻐억!

그 역시도 추이의 창에 가슴을 관통당해 축 늘어져 버리게 되었다.

첫 번째 산적, 두 번째 산적, 세 번째 산적들이 모두 추이의 장창에 꿰뚫렸다.

칠십 관은 너끈하게 넘어갈 무게의 창을 추이는 훌쩍 들어 올려 어깨에 걸쳤다.

후두둑— 후두둑— 후두둑—

떨어지는 빗방울이 새빨갛다.

산적(山賊)으로 만든 산적(散炙)을 어깨에 짊어지고 다니니 네 번째 고깃덩어리부터는 당최 가까이 오려 하질 않는다.

그저 귀신을 본 듯 혼비백산하여 물러날 뿐.

"……호질표국이라. 옛날 생각 나는군."

추이는 고개를 들어 어둠에 젖은 숲 너머를 바라보았다.

칼과 칼이 부딪치는 소리, 표사와 산적이 내지르는 단말마들이 뒤엉켜 가고 있다.

추이는 느긋한 태도로 발걸음을 옮겨 숲속으로 향했다.

산중에 창귀가 돌아왔다.

삼칭(三稱)에 황천(黃泉)이라

녹림도 위호(爲虎)는 지금 덜덜 떨고 있었다.

어렸을 적, 아비와 형들을 따라 사냥을 나갔다가 호랑이를 마주쳤을 때 느낌이 딱 이랬다.

그 흉악한 얼굴, 무시무시한 울음소리, 압도적인 기세.

아비와 형들이 갈가리 찢어져 죽는 동안 위호는 토굴 속에 숨어 아무것도 하지 못하고 덜덜 떨어야만 했다.

그 이후, 위호는 매일 밤 아비와 형들이 부르는 소리에 시달려 왔다.

'위호야.'

사립문 밖에서 들려오던 아비의 목소리.

'위호야.'

마당에서 들려오던 형제들의 목소리.

'위호야.'

그리고 장지문 밖에서 들려오는, 알 수 없는 무언가의 부름.

그럴 때마다 위호는 이불을 뒤집어쓴 채로 덜덜 떨었었다.

바로 지금처럼 말이다.

"어으어어어어……."

위호는 눈앞으로 걸어오는 한 소년을 보고 뒷걸음질 쳤다.

온몸에서 검붉은 기운을 뿜어내고 있는 소년.

그 모습은 그야말로 흉신악살 그 자체가 현현한 듯하다.

'이리 와.'

'같이 가자.'

'왜 너 혼자만 살았어.'

소년이 쥔 장창에 꿰여 있는 세 동료들이 이쪽을 노려본다.

그들은 모두 아비, 형제들의 얼굴을 하고 있었다.

한편.

"……."

추이.

그는 눈앞에 있는 위호를 바라보고 있었다.

"……삼칭(三秤)에 황천(黃泉)이라."

추이는 아주 오래전의 일을 회상하고 있었다.

"이름을 세 번 부를 동안에 상대를 황천으로 보낸다. 이 또한 오랜만이로군."

그러니까, 자신에게 마공을 가르쳐 주었던 스승에 대한 기억이었다.

꿈꾸ᐞ

어느 비 오던 날 밤.

말단 소년병으로 입대했던 추이는 전장의 최전선에서 수색 임무를 수행하고 있었다.

길이 험한 반면 딱히 전략적인 가치는 없는 곳이었기에, 동료 병사들은 제일 계급이 낮았던 추이에게 수색 임무를 모두 떠넘긴 채 돌아가 버렸다.

그러던 차, 추이는 묘한 것을 발견했다.

길과 길이 뚝 끊겨서 절벽처럼 깎여 나간 곳.

산기슭 사이에 범의 아가리처럼 쩍 벌어진 협곡.

그곳에 한 노인이 기대어 앉아 숨을 헐떡이고 있었다.

그는 붉은 머리에 붉은 피부, 붉은 눈을 가지고 있었고 입고 있는 옷 또한 시뻘건 일색(一色)이었다.

추이는 직감했다.

그것은 '보이되 보이는 척 하면 안 되는 것'이었다.

목숨을 부지하기 위해 돌아서려는 그에게, 노인이 말을 걸어왔다.

'그렇게 살아서 무얼 하려느냐?'

추이는 발걸음을 멈추었다.

노인의 말이 계속 들렸다.

'어차피 벌레같이 살다 갈 목숨이다. 이리 내려와서 도박 한번 해 보지 않으련?'

노인의 목소리에는 실로 묘한 이끌림이 있었다.

말과 이성으로는 달리 설명할 길이 없는, 실로 기묘한 부름이었다.

삶에 달리 미련이 없는 추이였기에, 그는 절벽 아래로 내려가기를 선택했다.

가까이서 보니 노인의 외모는 첫인상과는 조금 달랐다.

그는 흰 머리에 흰 피부를 가졌고 흰 옷을 입고 있었으며 붉은 것은 눈동자뿐이었다.

다만 온몸에 피를 뒤집어쓰고 있었기에 새빨갛게 보일 따름.

노인은 물었다.

'네 이름이 뭐냐?'

추이는 대답했다.

'추이.'

그러자 노인이 한 번 더 물었다.

'네 이름이 뭐냐?'

추이는 대답했다.

'추이.'

노인이 마지막으로 물었다.

'네 이름이 뭐라고?'

'추······.'

이번에는 대답하지 못했다.

입을 벌리려던 추이의 목덜미를 노인이 강하게 틀어쥐었기 때문이다.

다 죽어 가던 노인이 어떻게 일어났으며, 어떻게 눈 한 번 깜빡이는 동안 그 먼 거리를 좁혀 온 것일까?

추이가 눈을 껌벅거리는 동안 숨을 고른 노인은 이내 비릿하게 웃어 보였다.

'죽이고 싶은 놈이 있거들랑 이름을 세 번 묻거라.'

'······.'

'대답에 상관없이, 모두 죽일 수 있게 될 것이다.'

노인은 추이에게 긴 이야기를 털어놓았다.

많은 것이 생략된 내용이었지만 추이가 이해하는 데는 큰 지장이 없었다.

노인의 이야기를 요약하자면 이랬다.

一. *그의 이름은 홍공(洪公)이다.*

二. *홍공은 혈교(血教)라는 집단의 교주이다.*

三. 홍공은 정파(正派), 사파(私派), 마도(魔道) 연합의 추격을 받아 쫓기고 있다.

四. 홍공이 쫓기고 있는 이유는 무림 역사상 전대미문의 혈사를 일으켰기 때문이다.

五. 홍공은 기나긴 추격 끝에 정·사·마 최후의 고수들과 차륜전을 벌였고 그들을 모두 죽이는 것에 성공했으나, 그 여파로 인해 하반신을 쓰지 못하게 되었다.

六. 홍공은 추이가 자신의 몸을 치료할 약재들을 조달해 주기를 바란다.

그것을 잠자코 듣고 있던 추이는 이내 한마디로 자신의 입장을 정리했다.

'죽이시오.'

추이는 지킬 수 없는 약속을 하지 않는다.

딱히 신념이 있어서가 아니라 그가 나고 자랐던 부족에는 거짓말이라는 개념이 없기에 그렇다.

노인 홍공은 다시 물었다.

'왜 내 부탁을 거절하느냐? 내가 '혈마(血魔)'라서?'

'그것이 아니라, 내게 약재를 구해 올 능력이 없기 때문이오.'

추이는 솔직하게 말했다.

이 근방에 있는 병영에는 홍공이 원하는 약재들이 없었다.

하수오, 설삼, 내단 등등…… 그것은 아군의 병영 본진도 모자라 저 강 건너 적진의 창고까지 털어야 간신히 조달할 수 있을 만한 것들이었다.

추이는 힘도 권력도 없는 말단 병사였고 보신을 위한 약재는커녕 당장 상처를 치료할 연고조차 없었다.

아니, 연고는 고사하고 당장 내일 보급받을 보리떡이나 감자 한두 개가 아쉬울 처지.

……하지만 추이의 대답을 들은 홍공은 그저 비릿하게 웃을 뿐이었다.

'걱정 마라. 내가 일러 주는 대로만 하다 보면 그보다 더한 약재들도 얼마든지 구해 올 수 있을 테니.'

그렇게 거래가 시작되었다.

추이가 약재를 구해 올 수 있도록 홍공은 자신의 무공을 하나둘씩 추이에게 전수해 주었다.

어떤 날은 아무런 소리도 내지 않고 담을 넘는 법을, 어떤 날은 거구의 적을 한 번의 손놀림으로 죽이는 법을, 어떤 날은 물에 뜨지 않고 강을 건너는 법을.

그럴 때마다 추이는 강해졌다.

조용히 담을 넘어 적진 한가운데로 침투했고, 적군의 지휘관을 죽였으며, 누구에게도 쫓기지 않은 채 강을 건너왔다.

살아남기 위해서, 추이는 계속해서 싸웠고 홍공 역시도 그러했다.

하지만 추이는 운이 좋았고 홍공은 그렇지 못했다.

어느 날 밤.

그러니까 추이가 서른 명이 넘는 적군 병사를 죽이고 그 지휘관의 목까지 잘라 돌아온 날의 밤.

기껏 훔쳐 온 약재가 무색하게도, 홍공은 죽어 있었다.

머리만 남은 채로.

툭─ 데구르르르……

누군가의 머리가 산비탈을 따라 데굴데굴 굴러 내려간다.

표사인지, 녹림도인지, 그 전에는 무얼 하던 사람인지 알 수 없는 자의 머리통.

그것은 흙바닥을 데굴데굴 구르다가 한 곳에 멈추었다.

바로 추이의 발치였다.

'또렷하다.'

정신이 약숫물처럼 맑았다.

어두운 숲속에 들어온 이래 수십의 적을 창으로 찔러 죽였지만 예전처럼 미쳐 날뛰는 일은 없었다.

홍공에게 전수받은 마공은 본디 불완전한 것.

그는 추이에게 자신의 모든 것을 아낌없이 베풀었는데 그 것은 추이가 예뻐서가 아니었다.

'……익히다 보면 언젠가 미치광이 폐인이 되어 버릴 것을 알았기 때문이겠지.'

홍공은 추이를 이용했다.

몸을 낮게 할 약재들을 모두 조달하고 나면 추이를 죽여 없애거나 혹은 미치광이로 폭주하도록 유도했을 것이다.

하지만 홍공은 죽었고, 추이는 그가 남긴 마공을 구 할 가까이 익혔다.

그동안 골수에 스며들어 뇌까지 미친 마기를 억누르느라 추이는 수많은 고생을 해야 했다.

때로는 먹지도, 자지도 않은 채 장장 구십 일 동안이나 무림공적들을 쳐 죽이고 다녔던 적도 있었다.

사람을 죽이지 않을 때는 몸도 마음도 무저갱 깊숙한 곳에 갇혀 있는 듯 답답했다.

사람을 죽일 때만이 정신이 맑아졌고 자기 자신의 모습을 되찾을 수 있었다.

'……분명 그랬었을 터인데.'

추이는 피로 물든 자신의 손을 내려다보았다.

살인을 하지 않을 때도 살인을 할 때처럼 마음이 고요하다.

단전 안에서 피어오르고 있는 마공의 씨앗에도 불구하고 말이다.

'어떻게 된 거지? 마공이 억제되고 있다.'

정확히 말하자면 마공의 힘은 그대로 끌어다 쓸 수 있으나, 그의 부작용인 정신착란은 전혀 일어나지 않고 있었다.

무공은 사라졌으되 무리는 남아 있기에, 추이는 이 변화가 어디에서 기인하는지 금방 자각했다.

호흡.

부족 대대로 전승되어 내려왔던 묘족의 호흡법.

군에 입대한 뒤로 싹 잊어버렸던 어린 시절의 호흡법을 회귀한 직후의 몸은 아직 기억하고 있었다.

놀랍게도, 소년 시절의 호흡법에 따라 숨을 쉬자 홍공에게 전수받았던 마기의 부작용이 서서히 옅어지는 것이 느껴졌다.

잊어버렸던 소년 시절의 추억이 청장년 시기의 폭주를 막을 수 있는 열쇠였을 줄이야.

참으로 기묘하고도 공교로운 우연이었다.

츠츠츠츠츠츠츠……

피부 위로 피어오르던 검붉은 증기가 서서히 몸속으로 갈무리된다.

창날에 얼굴을 비추어 보니 붉게 물들었던 눈동자가 어느덧 검은색으로 돌아온 상태였다.

"그런가. 힘은 그대로이면서 제정신을 유지할 수 있는가. 그런 것이 가능했다니."

추이는 헛웃음을 머금었다.

마공을 십 성 대성하기 전까지는 절대 맨정신으로 돌아올 수 없다고 장담하던 홍공의 얼굴이 벌써부터 흐릿하다.

만약 이 호흡법을 알았다면, 홍공은 그렇게 허무하게 죽지 않을 수 있었을까?

추이는 피 묻은 창을 내려놓고 또다시 생각에 잠겼다.

바로 그때.

"……소협."

뒤에서 추이를 부르는 목소리가 있었다.

추이는 상념에서 깨어나 뒤를 돌아보았다.

그곳에는 검은 피풍의를 걸친 여자 한 명이 포권 자세를 취해 보이고 있었다.

"위급한 순간에 도움을 주신 것에 감사드립니다."

그녀의 뒤에는 같은 복장의 남자 십수 명이 마찬가지로 포권을 취하고 있는 것이 보인다.

이번 난전에서 살아남은 호질표국의 표사들이었다.

무적쟁자수

혈마 홍공.

그가 알려 준 마공 '창귀칭(倀鬼稱)'의 원리는 실로 간단했다.

'죽인 자들의 원념'을 흡수하여 영혼의 격을 끌어올리는 근본적인 방식.

살생(殺生)을 하게 되면 업(業)이라는 것이 영혼에 차곡차곡 쌓이게 된다.

불가에서는 본디 이를 털어 내야 하는 대상으로 본다.

윤회의 고리 사이에 고기 지방처럼 덕지덕지 끼어서 고리의 원활한 흐름을 방해하는 대상으로 취급하는 것이다.

하지만 홍공은 그것을 다르게 해석했다.

'누군가에게는 그저 단순한 똥일지라도, 누군가에게는 약이나 거름, 장작, 집 짓는 재료가 되는 법.'

업보를 장작 삼아 불태워 그것을 내공으로 치환하는, 실로 간단하면서도 무서운 방식.

어찌 보면 흡성대법과도 비슷하지만 사실 기저에 깔려 있는 논지의 깊이는 궤를 달리하는 것이었다.

홍공 역시도 흡성대법과 자신의 마공 '창귀칭'을 동일 선상에 놓고 비교하는 것을 아주 싫어했고 말이다.

'흡정공 따위의 잡기들은 그저 상대방의 정기를 빨아먹는 것이나, 이 창귀칭이라는 것은 한 인간의 모든 것을 통째로 삼켜 버리는 것이다. 희로애락, 오욕칠정, 고집멸도 이 모든 것들을 말이다. 즉, 흡정공과 나의 무공을 비교하는 것은 떨어지는 비 한 방울과 창해의 파도를 같은 선상에 놓고 견주는 것과도 같다.'

추이는 홍공의 가르침들을 모두 기억한다.

온몸의 혈관이 타들어 가며 몸이 강제로 변화하던, 그 지옥 같던 나날들을 똑똑히.

홍공은 말했다.

'창귀(悵鬼)라는 것이 있다. 호랑이에게 잡아먹힌 사람이 죽어서 변한 것으로, 그것은 호랑이에게 붙어서 영격을 높여 주고 사냥을 보조하는 역할을 하지.'

홍공이 창안한 마공인 '창귀칭' 역시도 이것에서 영감을 얻었다고 했다.

'처음으로 이 무공을 익히게 된 자를 '굴각(屈閣)'이라 한다. 기껏해야 몸에서 수증기 같은 형태의 마기를 방출할 수 있는 단계이지. 이는 일 층부터 십 층까지, 총 열 개의 층계로 나뉜다.'

과거의 추이는 홍공이 살아 있는 동안 굴각의 경지를 십 층까지 모두 올랐었다.

아무리 살겁의 크기와 빈도에 따라 빠르게 발전하는 속성의 마공이라고 해도, 이는 홍공조차도 놀랄 정도의 속도였다.

'이 무공을 숙련되게 익힌 자를 '이올(彝兀)'이라 부른다. 이올의 피는 어지간한 무림인에게는 극독과 같다. 자신의 것이 아닌 남의 내공을 태우고 말려 버리는 성질이 있기 때문이다. 또한 이 경지에 오르게 되면 내공의 빛깔이 붉게 되고 몸 바깥으로 분출될 때도 액체의 형태를 띠게 된다. 말 그대로, 피를 뿜어내는 형상과 같다. 이 또한 굴각과 마찬가지로 열 개의 층계로 나뉜다.'

홍공이 죽기 직전, 추이는 굴각의 십 층을 넘어 이올의 일 층에 진입했었다.

추이에게는 다행스러운 일이었다.

굴각을 십 층까지 대성한다고 해도, 심후한 내공을 가진 스승이 임독양맥을 뚫어 주지 않는다면 다음 단계인 이올의 경지로 넘어갈 수 없기 때문이다.

'굴각과 이올을 대성하게 된다면 다음 단계는 '육혼(肉渾)'의 경지이다. 나는 이 단계에 한쪽 발을 디뎌 놓는 것만으로도 천하를 오시했으며 네 개의 층계를 오른 뒤에는 정, 사, 마의 모든 것들을 하찮게 여길 수 있었다.'

이올의 경지로 넘어가기만 한다면 육혼의 경지까지는 시간이 해결해 줄 문제였다.

그래서 홍공은 추이를 굴각 단계에서만 머무르게 할 생각이었으나, 모종의 이유로 인해 계획을 변경했고 끝내 비참한 최후를 맞이하고 말았다.

"지금 나의 경지는…… 굴각의 일 층인가."

추이는 나지막하게 읊조렸다.

피 묻은 창날에 자신의 모습을 비추어 본다.

육혼의 경지에 올라 있었던 강인한 육체는 온데간데없고 나약한 소년병의 몸, 아니 소년병조차 되지 못한 쟁자수의 몸이 있을 뿐이다.

하지만 추이는 결코 조급해하지 않았다.

어차피 무공의 구결이야 머릿속에 다 있고, 무공의 부작용을 억누를 수 있는 호흡법 역시도 이제는 기억하고 있다.

앞으로는 조금씩 조금씩 좋아질 일만 남아 있는 것이다.

……그러면 이제 대체 무슨 조화 때문에 자신이 과거로 돌아왔는지에 대해 심사숙고할 차례다.

추이가 막 생각에 잠기려는 순간.

"무슨 생각을 그리도 깊게 하십니까, 소협?"

옆에서 누군가가 말을 걸어왔다.

주예화 표두.

호질표국의 일급 표사임과 동시에 이번 표행의 최고 책임자였다.

그녀를 포함, 십수 명의 표사들이 모두 마차에 오른 채 추이를 바라보고 있었다.

"약관에도 한참 못 미치는 나이 같은데, 무공의 경지가 실로 어마어마하군."

"어떤 무공을 쓰는지 봤나? 나는 너무 빨라서 못 봤네."

"나도 어두워서 자세히는 못 봤어. 하지만 저 소협의 주변에 있던 녹림도들이 지르는 비명 소리는 똑똑히 들었지."

"어떤 은거기인의 제자인지, 정말 부럽구만."

"근데 왜 저런 무공을 가지고 우리 표국의 쟁자수를 하고 있었지?"

"예끼, 이 사람. 원래 무림에는 기인이사가 많은 법이라네."

표사들은 조용히, 자기들끼리 떠들기에 여념이 없다.

하지만 추이는 그저 조용히 말안장 위에 앉아 있을 뿐이다.

주예화는 그런 추이에게 어떻게든 말을 붙이기 위해 눈치를 보는 중이었다.

'이런 고수가 어디서 나타났는지는 모르겠지만…… 일단 우리를 구해 주었으니 적이 아닌 것 같기는 하다. 이번 표행을 도와준다면 정말 좋겠는데.'

방금 녹림도들의 습격으로 인해 많은 표사들을 잃은 상황이었기에 주예화의 마음은 급했다.

"소협. 말을 참 잘 다루십니다. 마치 수십 년 동안이나 말을 타 보신 것 같군요."

"……."

추이는 자신이 타고 있는 말을 슬쩍 내려다보았다.

덜덜덜덜……

말은 오줌을 지리며 걷고 있었다.

무척이나 두려워하는 듯한 기색.

추이가 고삐를 당길 때마다 말은 마치 뜨거운 인두에 데이기라도 한 것처럼 깜짝깜짝 놀라며 명령에 복종한다.

주예화는 신기하다는 듯 말했다.

"그 말은 원래 성질머리가 고약해서 누구의 말도 듣지 않기로 유명한 말이었습니다. 힘은 좋으니 물건이나 끌라고 해서 데려왔는데, 설마 이 녀석이 자기 등에 사람을 태울 줄이야."

그도 그럴 것이다.

추이는 전생에 수많은 전장을 누비며 살겁을 쌓아 왔다.

그중에는 인간도 있었지만 당연히 말도 있었다.

군마를 타고, 죽이고, 잡아먹고, 또 타고, 또 죽이고, 또 잡아먹고.

아마 추이의 영혼에 사람의 피 다음으로 많이 절어 있는 것이 바로 말의 피일 것이다.

아무리 사나운 개도 개장수를 만나면 꼬리를 말고 오줌을 지린다던가, 개보다 영특한 말의 경우는 그보다도 더한 모양이었다.

그때.

"갈림길입니다."

앞서 달렸던 표사 하나가 돌아왔다.

주예화는 잠시 무언가를 고민하는가 싶더니 이내 추이를 바라보았다.

"소협. 초면에 이런 부탁을 드리게 되어 실로 염치가 없습니다. 혹시 지금까지와 같이 저희들의 표행에 동행해 주실 수 있으시겠습니까? 당연히 보수는 섭섭하지 않으실 정도로……."

"싫다."

"그렇군요."

추이의 대답을 예상하고 있었던 듯, 주예화는 시무룩한 표정으로 고개를 떨궜다.

이 정도 힘을 가진 인물이 굳이 쟁자수를 자청하며 표행에

합류한 것에는 다 이유가 있을 것이다.

아마도 자신의 힘을 드러내고 싶지 않았으리라.

'······이런 사람이 우리 편을 들어 주었다는 것은 천운이다.'

주예화는 꿋꿋하게 다음 말을 이어 나갔다.

"정말로 죄송한 일입니다 소협. 저희들을 도와주신 은혜는 사흘 밤낮으로 연회를 베풀어 대접하기에도 모자라나, 저희가 맡은 표행의 일자가 너무나도 촉박합니다. 그렇다고 해서 이 자리에서 보답을 드리자니, 저희가 가진 재물의 양이 많지가 않습니다."

표국이 운반하고 있는 표물들은 표국의 것이 아니라 의뢰자의 것인지라 마음대로 할 수 없다.

표행을 떠난 표사들이 따로 금전이나 재물을 가지고 있을 리도 만무한 터였다.

그래서, 주예화는 추이에게 다른 것을 주었다.

"미미하지만 이것을 받아 주셨으면 좋겠습니다."

그것은 금으로 만들어진 사각의 패찰이었다.

'호정문-일급 표사'

주예화는 말했다.

"알고 계시겠지만, 호질표국은 호정문(虎穽門)에서 따로 운영하고 있는 표국입니다. 호정문은 안휘 지역에 있는 유서 깊은 문파이지요."

추이는 고개를 끄덕였다.

호정문.

당연하게도, 쟁자수로 일했던 추이 역시 잘 알고 있는 문파였다.

'……몇 년 안에 몰락하여 흔적도 없이 사라지게 되는 비운의 문파.'

꽤나 바르고 공명정대하게 운영되고 있었던 이 문파는 어느 날 갑자기 하루아침에 망해 버린다.

지금은 꽤나 자금난에 시달리고 있는 모양.

그래서 주예화가 이번 표행에 상당히 신경 쓰고 있는 것이리라.

"이 표찰은 제 신분을 상징하는 표찰입니다. 이것을 소지하신 채로 호정문으로 가시게 된다면 아마 일급 표사에 준하는 귀빈 대우를 받으실 수 있으실 것입니다. 부디 제 성의를 받아 주셨으면 합니다."

"……."

추이는 주예화가 내민 금패를 가만히 바라보았다.

그리고 이내 손을 뻗어 그것을 받았다.

주예화의 표정이 더없이 환해진다.

그때쯤 해서 눈앞에 갈림길이 나타났다.

주예화는 다시 한번 포권 자세를 취했다.

"저희들은 이 길로 바로 표물을 배송하러 가 보겠습니다. 일이 끝나는 대로 바람같이 표국, 아니 문(門)으로 바로 복귀하여 소협에게 제대로 감사 인사를 드리겠습니다. 부디 저희 문에 편히, 머무시고 싶으신 만큼 머물러 주시기를."

호질표국의 표사들임과 동시에 호정문의 무인들이기도 한 이들.

그들은 연신 추이에게 포권을 취하며 멀어져 갔다.

이윽고, 추이는 조용히 말 머리를 돌려 호질표국이 있는 안휘로 향했다.

"……"

한편, 주예화는 산등성이 너머로 멀어지는 추이를 계속 바라보고 있었다.

그러자 옆에 있던 애꾸눈의 표사가 그녀를 향해 씩 웃는다.

"반하셨습니까? 아까 그 소협, 하도 곱상하여 저는 처음에 계집아이인 줄 알았습니다. 여리여리하고 하얀 것이 딱 표두님 취향이던데."

"돌았냐? 칼 다시 뽑아?"

"어이쿠, 왜 찌르십니까. 찔리십니까?"

주예화는 상대할 가치도 없다는 듯 고개를 홱 돌려 버렸다.

그리고 조용히 말을 이었다.

"⋯⋯너희들은 못 봤겠지만, 나는 봤다."

"무엇을요?"

"그자의 창술 말이다."

주예화는 식은땀을 흘렸다.

"무공의 연원과 정체는 전혀 모르겠으나 창술 자체는 낯익은 것이었다."

"창술로 유명한 문파나 세가가 어디일까요? 산동악가(山東岳家)? 아니면 마가창(馬家槍)이나 양가창(楊家槍), 이화창(梨花槍), 으음. 사가간자(沙家杆子)나 이가단창(李家短槍)도 유명하고."

"아니, 무림의 것이 아니다."

뒤이어지는 주예화의 말에 수다스럽던 부하의 입이 닫혔다.

"그것은 군(軍)의 창술이었다."

"⋯⋯."

부하가 한참의 침묵 끝에 멍한 표정으로 되물었다.

"아까 그 소협이 군가의 자제분이시란 말씀이십니까?"

"확실할 것이다. 내가 본 것은 기본 초식 몇 개에 불과했으나, 숙련도가 말이 안 되는 수준이었어. 절대 그 나이에 보일 수 있는 경지가 아니다. 분명 장군가에서 체계적으로 키운 뒤 실전 경험을 쌓도록 하기 위해 내보낸 인재일 것이다.

필히 귀한 신분이겠지."

그 말에 표사들 역시도 고개를 끄덕였다.

주예화의 설명에 개연성이 있었기 때문이다.

"아마도 유력한 군가(軍家)의 자제일 것이니 친분을 쌓아 두어서 나쁠 것은 절대 없다."

"문의 사정이 위태로우니, 저런 고수를 한 명이라도 식객으로 모실 수 있으면 필히 큰 도움이 되겠군요."

"그렇지. 밥과 술을 대접해 준 이들을 외면하기란 어려울 터이니…… 더군다나 아까의 그 소협은 녹림도들에게 밀리고 있는 우리를 목숨 걸고 도와줬을 정도로 의로운 인물이다. 문의 위기를 좌시하지 않을 가능성이 높아."

주예화는 표물들을 돌아보며 표정을 굳혔다.

"현재 문의 자금 사정이 좋지 않아 모든 무인들이 다 표사로 붙은 상황이다. 어서 빨리 이 표행을 끝내고 돌아가야 본진의 전력 공백을 채울 수 있어. 서두르자."

"맞습니다. 아까 초청한 그 소협이 저희가 돌아올 때까지 머물러 주었으면 좋겠군요. 혹시나 그새 흑도방 놈들과 시비가 붙는다면 도움이 될 수 있게요."

"외부에서 초청해 온 고수 한 명 한 명이 아쉬운 실정이지. 그래서 내가 나를 상징하는 금패를 내준 것이 아니겠나. 그것이 있으니 아마 문에서 극진히 모실 것이다."

호질표국의 표사들은 발걸음을 서두르기 시작했다.

최대한 빨리 이 표물들을 운송하고 나서 문파로 복귀하기
위해서 말이다.

꽃

호질표국이 있는 안휘성으로 가는 동안, 추이는 여러 날에
걸쳐 과거를 회상했다.

호질표국.

그리고 호질표국을 운영하고 있는 호정문.

그곳은 추이에게 있어서도 꽤나 의미가 있는 곳이었다.

'……좋은 곳이었지. 나 같은 뜨내기한테도 잘해 주었으니
까.'

호정문의 문주 호연암과 그의 아내 사지원은 타고난 천성
이 선한 이들이었다.

그들은 호질표국에 소속된 모든 이들을 살뜰히도 보살폈
다.

표사들은 물론이요 추이 같은 일용직 쟁자수들 역시도 마
찬가지였다.

표국에 고용된 쟁자수들은 화물을 마차에 싣고 내리는 등
의 상하차 작업이나 단순한 청소, 그 외 모든 자잘한 허드렛
일들을 도맡아 하는 이들이다.

호연암과 사지원은 그런 쟁자수들을 하나하나 직접 챙기

며 일할 때 어려운 점은 없는지 늘 살피곤 했다.

자연스럽게, 모든 쟁자수들이 호질표국을 좋아했다.

늘 떼이기 일쑤였던 일급을 한 번도 밀린 적이 없으며, 끼니도 때마다 챙겨 주고, 무엇보다 사람대접을 받을 수 있었기 때문이다.

추이 역시도 쟁자수로 일하던 시절, 호질표국에 대해 좋은 인상을 가지고 있었다.

하지만 지금 추이가 호질표국으로 향하는 이유는 단지 그뿐만이 아니었다.

'그 녀석은 잘 있으려나. 이 시간대면 아직 살아 있을 텐데.'

추이는 전장에서 만났던 옛 친구이자 전우, 그리고 훗날 의형제를 맺었던 한 남자의 얼굴을 떠올리고 있었다.

호예양(虎豫讓).

추이가 말단 병사로 군에 입대했을 때 만났던 맞선임.

자신만큼이나 키가 작고 깡말랐지만 주먹 하나는 기가 막히게 잘 쓰던 싸움꾼.

화상으로 인해 얼굴과 목젖이 짓물렀고 그 때문에 목소리 역시도 괴상하던, 그래서 군 막사 내에서도 모두에게 소외당하던 그와 추이는 제법 죽이 잘 맞았다.

추이는 호예양의 뒤를 따라다니며 생존에 필요한 것들을 배웠고 그 덕에 몇 번의 전투에서 간신히 목숨을 부지할 수 있었다.

그 뒤로 호예양과 추이는 둘도 없는 선후임, 아니 의형제 사이가 되었다.

둘은 한 막사에서 뒤엉켜 잠을 잤고 같은 그릇에 밥을 먹었다.

서로의 과거를 모두 알고 있었고 터놓지 못할 흉금이 없었다.

그러던 어느 날, 추이는 혈마를 만났다.

그때 추이의 옆에는 호예양이 함께 있었다.

'그 손을 놓지 않으면 신호탄을 터트리겠다.'

추이의 목을 쥐고 있는 혈마를 향해, 호예양은 목숨을 걸고 협박했다.

결국 호예양의 기세를 인정한 혈마는 추이를 풀어 주었고 그날 밤, 호예양과 추이는 혈마의 제자가 되었다.

가혹한 스승은 두 제자를 전장으로 내몰고 쉴 새 없이 채찍질했다.

호예양과 추이가 목숨을 걸고 약재를 가져올 때마다 혈마는 천천히 자신의 몸을 회복해 나갔다.

그리고 어느 날 밤, 혈마는 두 제자에게 말했다.

'이제 마지막 거래다.'

혈마는 추이를 향해 말했다.

'이번에 구해 올 약재는 백 년근 설삼이다. 할 수 있겠느냐?'

'하겠습니다.'

할 수 있다 없다를 논하는 것이 아니라 하겠다는 대답을 한 추이를 혈마는 묘한 표정으로 바라보았다.

그때, 호예양이 토를 달았다.

'백 년근 설삼은 지금 저희들의 실력으로는 구하기가 어렵습니다. 그 전에 먼저 저희의 임독양맥을 뚫어 주시는 것이 어떻겠습니까?'

'……'

혈마는 머뭇거렸다.

추이의 임독양맥을 뚫어 주기 위해서는 그동안 추이가 구해 온 약재들을 일부 사용해야 했기 때문이다.

그리고 본디 그것들은 혈마의 몸을 회복시키는 데 쓰여야 할 것들이었다.

호예양이 계속 말했다.

'그 약재들을 이용하여 저희의 임독양맥을 타통시켜 주신다면 말씀하신 마지막 재료들을 조달해 올 수 있을 것입니다. 부족하게 된 약재들은 저희가 함께 채워 놓으면 그만입니다.'

그 말에 결국 혈마는 고개를 끄덕였다.

이윽고, 추이와 호예양은 서로의 얼굴을 바라보고 앉았다.

호예양이 먼저 말했다.

'추이야. 네가 먼저 임독양맥을 뚫어라.'

'싫다. 너 먼저 해라.'

'네가 먼저 하고, 내가 다음에 하겠다.'

'네가 먼저 하고, 내가 다음에 하자.'

'말 들어라. 이번에는 네가 먼저 임독양맥을 뚫고, 그동안 내가 약재를 구해 오겠다. 그다음에는 내가 임독양맥을 뚫고, 네가 약재를 구해 오너라. 마지막에 약재를 구하러 나가는 사람이 더 힘든 것 알지?'

호예양의 양보에 추이는 어쩔 수 없이 고개를 끄덕였다.

그리고 그날 밤, 혈마가 추이의 임독양맥을 뚫어 주는 동안 호예양은 목숨을 걸고 필요한 약재들을 조달해 왔다.

강해진 호예양조차도 등과 허리에 화살이 일곱 대나 박힌 채 돌아왔을 만큼 위험한 여정이었다.

이윽고, 호예양은 혈마에게 임독양맥을 맡겼다.

그동안 혈마는 추이에게 회복에 필요한 마지막 약재들을 조달해 오라고 지시했다.

추이는 호예양을 위해 목숨을 걸고 적진에 침투했다.

그리고 이내, 고위 지휘관이 몸보신을 위해 준비해 놓았던 백 년근 설삼을 훔치는 것에 성공했다.

'이제 되었다. 형제도, 스승도, 모두 좋아질 것이다.'

하지만 돌아가는 여정은 올 때의 여정보다 길고 험난했다.

두 번 정도 팔이 잘릴 뻔했고, 네 번 정도 물에 빠져 죽을 뻔했다.

날아드는 화살을 피해 엎드려 기어가는 동안 귀 하나와 손가락 세 개를 잃어야 했다.

그렇게 몇 개의 강을 건너고 산을 넘어, 추이는 돌아왔다.

하지만 추이를 맞이한 풍경은 예상과는 전혀 다른 것이었다.

목이 잘린 채 죽은 혈마.

그리고 온몸의 구멍에서 피를 쏟아 내고 있는 호예양.

멍한 표정을 짓고 있는 추이를 향해, 호예양은 쓰게 웃었다.

'알고 있었지 않으냐. 홍공은 어차피 우리를 살려 놓을 생각이 없었다. 내가 조금 더 먼저 움직였을 뿐이지.'

혈마는 추이가 떠난 직후 곧바로 호예양을 죽이려 들었다.

그리고 호예양은 그것을 알고 온몸 기혈에 흐르는 마기를 역류시켜 폭사했다.

그 전에 추이를 먼저 떠나보냈던 것이고.

'울지 마라. 불구 노인네 하나 죽이는 것쯤 아무것도 아니었다.'

호예양은 이 빠진 칼을 흔들어 보이며 픽 웃었다.

'……'

폭우 속에 천천히 식어 가는 형제 앞에서 추이는 오랫동안 앉아 있었다.

그동안 호예양은 못다 했던 옛날이야기를 해 주었다.

'내가 너를 왜 살린 줄 아느냐?'

'모르겠다.'

'그것은 네가 호질표국의 쟁자수였기 때문이다.'

'……?'

의아해하는 추이를 향해, 호예양은 자신의 과거를 털어놓았다.

'나는 멸문당한 호정문의 마지막 후예다.'

'……!'

호예양은 호정문의 문주 호연암과 그의 아내 사지원의 자식이었던 것이다.

'너는 말했었지. 잠시지만 호질표국에서 쟁자수를 했던 적이 있다고. 그곳의 문주와 그의 아내는 좋은 사람이었다고.'

'…….'

'그때부터였던 것 같다. 너를 가족으로 생각한 것이.'

호예양은 지친 표정으로 미소 지었다.

'나의 부모를 떠올리며 좋은 기억을 말해 주는 이는 너밖에 없었다.'

'…….'

추이는 아무런 말도 할 수 없었다.

호정문이 멸문당한 뒤, 호예양은 이루 말할 수 없이 힘든 길을 걸어왔다고 했다.

복수를 위해 얼굴을 숯으로 지지고 그 숯을 삼켜 목소리를 바꾸었다.

호정문을 멸문시킨 원수들을 죽이기 위해 변소 아래의 똥물에 몸을 담그기도 했고, 구더기 끓는 시체더미 속을 파고들기도 했다.

하지만 그럼에도 불구하고 호예양은 복수에 실패했다.

추격자들에게 쫓긴 끝에 그는 군부에 몸을 담았고 이 먼 곳의 변방까지 흘러오게 된 것이다.

'너를 만나서 다행이라고 생각한다. 언젠가 여유가 생긴다면, 부디 나의 한을 풀어 다오.'

그것이 형제의 마지막 유언이었다.

"……."

그때 호예양이 흘렸던 눈물을 추이는 미처서도 잊지 않았다.

"이번에는 그 한이라는 것이 아예 생길 일도 없게 될 것이다."

그래서 지금 추이는 호질표국의 표사들과 반대 방향으로 걸어 호정문을 향하고 있는 것이다.

과거의 벗, 영원한 의형제를 만나기 위하여.

'……일단 호정문의 멸문부터 막아야 한다.'

호정문의 자금줄인 호질표국을 녹림도로부터 구해 주었으니 작게나마 미래가 바뀌었을 것이다.

하지만 추이는 지금보다 훨씬 더 적극적으로 호정문에 개

입할 생각이었다.

'호예양. 그 녀석도 곧 만나게 되겠지.'

그런 생각으로 발걸음을 재촉하니 어느덧 호정문이 있는 안휘성에 도착했다.

사람들로 북적이는 거리 너머, 호정문의 장원을 감싸고 있는 담벼락이 눈에 들어온다.

추이는 그 앞을 지나가는 점소이 하나를 향해 손짓했다.

"말 좀 묻자."

"뭐야?"

점소이는 귀찮다는 표정으로 추이를 돌아보았다.

식재료를 잔뜩 얹은 대나무 광주리를 나르고 있던 터라 더더욱 표정이 구겨져 있는 채다.

"꼬맹아, 지금 나한테 말한 거냐?"

"그렇다."

"요런 쥐방울만 한 새끼가 어디서 반말을…… 예끼!"

점소이는 추이의 머리를 딱 소리 나게끔 한 대 쥐어박았다.

그러고는 짜증을 내며 발걸음을 돌렸다.

"별 거지 같은 새끼가…… ."

하지만 그는 발걸음을 뗄 수 없었다.

추이가 손을 뻗어 점소이의 머리카락을 휘어잡았기 때문이다.

"어? 이 새끼, 이거 안 놔? 하 참– 콱 마 패 죽여 버릴……."

점소이는 추이를 향해 주먹을 날리려 했다.

하지만 추이는 별다른 반응 없이 입을 열었다.

"말."

동시에, 추이의 손바닥이 점소이의 따귀를 후려갈겼다.

"좀."

점소이의 고개가 너무 급격하게 돌아가 목뼈마저 부러트
리기 직전, 추이의 따귀가 다시 한번 점소이의 골통을 원래
위치로 돌려놓았다.

"묻."

추이의 따귀가 또 한번 점소이의 뺨을 후려쳤다.

해골이 목에서 뽑혀 나올 것만 같은 공포에 점소이가 울음
을 터트리려는 순간.

"자."

추이가 또다시 손을 들어 올렸다.

점소이가 황급히 소리쳤다.

"무, 물어보십시오!"

추이는 들어 올렸던 손을 내렸다.

"내가 안휘에 오랜만에 와서 그러는데. 저기 있는 저 작은
장원이 호정문 맞나?"

"맞습니다!"

"호정문의 문주 이름이 호연암 맞지?"

"맞습니다!"

"호연암의 아내 이름이 사지원 맞지?"

"맞습니다!"

"그 둘의 아들 이름이 호예양 맞지?"

"아닙니다!"

무심코 고개를 끄덕이려던 추이는 잠시 멈칫해야 했다.

점소이의 마지막 대답 때문이다.

가장 중요한 문제에 대해 점소이는 부정의 대답을 내놓았다.

추이는 한 번 더 물었다.

"그 둘의 아들이 호예양이 아니라고?"

"그, 그렇습니다."

추이의 분위기가 바뀌자 점소이가 주눅 든 표정으로 고개를 끄덕였다.

추이는 약간의 혼란스러움을 느꼈다.

지금껏 호예양이 호정문의 후예라고 철석같이 믿어 왔다.

한데 그것이 아니라니?

'회귀하면서 내가 알던 사실이 변했나? 아니야. 그럴 리가 없다. 모든 것이 예전 그대로라는 것을 오면서 몇 번이나 확인했어. 그런데 왜?'

호예양이 호연암과 사지원의 자식이라는 것은 분명한 사실이다.

그리고 시간상, 그는 분명 현실에 살아서 존재하고 있었어야 했다.

결국.

짜—악!

추이는 점소이의 따귀를 한 대 더 때릴 수밖에 없었다.

"똑바로 말 안 할래?"

"지, 진짜입니다! 억울해요!"

"내가 호정문으로 갔을 때 호예양이라는 놈이 존재하면 어떡할 테냐? 그때는 따귀로 안 끝난다."

추이가 묻자 점소이는 빽 하고 소리를 질렀다.

"아, 있겠죠 당연히!"

"……?"

이건 또 무슨 소리일까.

추이는 점소이의 대답을 이해하지 못하고 미간을 찡그렸다.

"아까는 아니라면서?"

"아니죠 당연히!"

이윽고, 점소이는 씩씩거리며 말을 이었다.

"호정문주님과 아내분의 아들이 호예양이냐면서요!"

"그래."

"아니, 시집도 안 간 처자를 왜 대뜸 남자로 둔갑시킨답니까!"

"뭐?"

추이가 되묻자, 점소이는 한번 더 쐐기를 박았다.

"호정문에는 아들이 없고 외동딸만 하나라구요!"

추이는 호정문의 정문을 지나쳐 후문으로 향했다.

호질표국의 표두에게 받았던 금패를 보여 준다면 간단하게 정문으로 들어갈 수 있겠지만…… 그렇게 하면 훗날 행동에 제약이 많아진다.

어떻게 해야 이 안으로 들어갈 수 있을까 고민하던 그때.

…벌컥!

갑자기 후문이 열리며 안에서 누군가가 뛰어나왔다.

"이 자식아! 왜 이제 와!"

큰 키에 뚱뚱한 몸, 사나워 보이는 얼굴을 가진 소년.

그는 난데없이 추이의 목덜미를 꽉 붙잡더니 호정문의 후문 안으로 끌고 들어갔다.

"하여간 이래서 거지새끼들한테 일을 맡기면 안 된다니까! 오갈 데 없어 보이길래 불쌍해서 거둬 줬더니만! 아니, 말똥 좀 치우라 했더니 그걸 못 참고 그새 토껴!? 나머지 니 친구들은 다 어디 갔어! 어!?"

무언가 오해가 있는 것 같았지만, 추이는 딱히 반박하지 않았다.

큰 덩치의 소년은 추이를 연신 윽박질렀다.

"잘 들어라. 나는 대 호정문의 명예 마구간장 우동원이다. 너는 앞으로 내 밑에서 마구간을 관리하는 거야. 별거 없어. 말똥만 제때 치우고 여물만 제때 먹이면 돼. 그것만 잘 지키면 삼시세끼 찬밥이나마 얻어먹을 수 있어. 어때? 거지새끼로 살 때보다 훨씬 낫지? 그러니까 튀지 말고 열심히 일하란 말야. 이 복에 겨운 놈아!"

우동원의 말에 추이는 자신의 몸을 내려다보았다.

여기까지 오는 동안 옷이 많이 더러워지긴 했다.

하루 막일하고 밥 얻어먹는 거지 소년과 착각당할 정도이니 말이다.

우동원은 투덜거리며 추이의 등을 떠밀었다.

"요즘 애새끼들은 당최 근성이 없어. 유리걸식 하는 것에 비하면 호정문에서 하인으로 일하는 건 극락 생활이나 마찬가진데. 에잉— 쯧!"

이윽고, 추이는 호정문의 장원에서도 가장 외진 곳으로 향했다.

마구간이 있는 곳이었다.

우동원은 추이에게 말했다.

"자세한 것들은 엊그제 다 말해 줘서 알지?"

"모른다."

"모른……다? 너 말이 짧다?"

추이가 잠자코 있자 우동원은 자신이 잘못 들은 것은 아닌가 고개를 갸웃했다.

이윽고, 녀석은 설명을 시작했다.

"으휴, 그새 까먹었어? 머리 나쁜 놈. 그러니까 빌어먹고 살지. 잠은 저기 마구간 한 칸에서 자고, 밥은 우리들이 먹고 남긴 거 대충 주워 먹으면 된다는 게 그렇게 기억하기 어렵냐?"

"……"

"말들은 비싸니까 따로 전문가들이 돌봐. 우리 같은 놈들이 할 건 똥 치우는 거랑 밥 주는 것 말고는 없어. 괜히 뒷발굽에 채여 뒤지기 싫으면 말한테 접근도 하지 마."

끝으로, 우동원은 추이의 이마를 손가락으로 쿡 찔렀다.

"원래 우리들은 필요 없는 잉여 인력이야. 그런데 호정문 주님께서 은혜를 베푸셔서 근방의 배곯는 아이들을 대거 채용하신 거고. 그러니까 일 힘들다고 튀지 말고 제대로 일해라. 알겠…… 헉?"

하지만 우동원은 말을 끝까지 잇지 못했다.

두그닥- 두그닥- 콰쾅!

별안간 마구간 문을 박차고 뛰어들어 온 말 한 마리 때문이었다.

"어어어!? 으악!"

추이는 적당히 몸을 피했으나 우동원은 말발굽에 스치는 바람에 다리가 부러지고 말았다.

"아이고오!"

우동원은 다리를 부여잡고 데굴데굴 굴렀다.

"……."

추이가 고개를 돌렸다.

커다란 한 마리의 흑마가 마구간 안에서 콧김을 씩씩 뿜어 내고 있었다.

돌 같은 피부와 철 같은 뼈, 다른 말보다도 훨씬 더 커다란 덩치를 가진 명마였다.

그리고 지금, 그 명마의 주인은 마구간 밖에서 낄낄 웃고 있었다.

"저 녀석, 참. 비싼 값을 하는구만. 기와집 한 채 값을 주고 산 놈이라 그런가, 길들이기가 참 어려워~"

"도련님. 근데 이래도 될까요? 마구간지기 하나가 다친 것 같은데."

"어차피 개 같은 놈들 아닌가? 개값이야 물어 주면 그만이지. 까짓거, 복날 한 번 더 왔다고 생각하고. 하하하—"

비단옷을 입은 공자 하나와 그의 호위무사로 보이는 남자가 대화를 하고 있었다.

몇몇 마구간지기 소년들이 우동원을 부축하며 작은 목소리로 투덜거렸다.

"또 조가장의 조태범 공자네."

"공자는 개뿔. 저 색마 새끼."

"또 무슨 패악질을 부리러 온 거야?"

추이는 마구간지기들의 시선을 따라 고개를 돌렸다.

조가장의 조태범.

그는 미끈한 얼굴에 짙은 눈썹, 짙은 쌍꺼풀에 그윽한 눈빛을 가진 청년이었다.

조태범은 섭선으로 얼굴의 절반을 가린 채 말했다.

"말똥 냄새 나니 얼른 내실로 가자고. 천한 것들의 눈빛이 닿는 것만으로도 옷이 더러워지는 기분이야."

그들은 마구간을 떠나 안뜰로 향하려 했다.

그때.

"손님이 왔다는 말에 급히 나왔더니만, 그게 조 공자인 줄은 내 몰랐구려."

저 앞쪽에서 조태범을 막아서는 이가 있었다.

호랑이 같은 외모에 긴 수염을 기른 중년인.

그가 바로 호정문의 문주 호연암이었다.

조태범을 바라보는 호연암의 눈빛에는 불쾌한 빛이 역력했다.

"조 공자께서 예까지 무슨 일로 오셨소?"

이윽고, 조태범은 느긋한 태도로 포권을 취해 보였다.

"처가에 무슨 일로 방문하였겠습니까, 장인어른. 미래의 제 아내를 보러 왔지요."

"우리 예양이를 말하는 것이라면, 나는 혼사를 수락한 적이 없네만?"

"아직 아니기는 하죠. 호 소저가 열일곱 살이 되면 혼인할 생각이니."

"……."

호연암은 눈을 부릅뜨고 조태범을 바라보았다.

조태범은 능글거리는 웃음으로 시선을 돌렸다.

"이미 동네에 소문 쫙 퍼졌습니다. 호 소저와 제가 일 년 뒤에 혼인식을 올린다고. 동네 어린애들이 노래까지 만들어 부르고 있더군요. 호정문의 호 소저는~ 남 몰래 짝 맞추어 두고~ 조 공자를~ 밤에 몰래 안고 간다~"

"그 소문은 조 공자께서 낸 것이 아닌가 싶다만. 내 딸자식 혼삿길을 망치려고 말이지."

"그럴 리가 있겠습니까? 제가 뭐가 아쉬워서 굳이 우리 조가장의 위세보다 한참 처지는 호정문의 여식을 아내로 맞으려고 그렇게까지……."

바로 그때.

"서로 아쉬울 게 없는 것 같으니 당연히 혼담이 오가는 것도 어불성설입니다."

호연암의 뒤에서 날 선 목소리가 들려왔다.

이윽고, 안뜰에서 한 여인이 모습을 드러냈다.

소녀와 여인의 기로에 서 있는 나이.

흑비단 같은 머릿결과 백옥처럼 흰 피부, 반달 모양의 검은 눈썹과 눈이 쌓일 정도로 긴 속눈썹, 호수처럼 크고 맑은 눈을 가진 소녀가 모습을 드러냈다.

호예양.

호정문의 금지옥엽.

호정문주의 무남독녀 외동딸이었다.

그녀는 싸늘한 어조로 말했다.

"저는 세간의 시선에는 신경쓰지 않습니다. 그러니 조 공자께서는 따로 혼담을 알아보시지요."

"아니, 소문이란 게 얼마나 무서운지 잘 아시지 않습……."

"이 이야기는 더 들을 필요가 없군요. 저는 조 공자뿐만이 아니라 조가장의 그 누구와도 혼인하지 않습니다. 그럼 이만."

딱 잘라 내린 축객령.

이내 호연암과 호예양은 발길을 돌려 사라져 버렸다.

대놓고 무시를 당한 조태범은 혼자 남아 비릿하게 웃었다.

"……돈도 없어서 다 쓰러져 가는 삼류 문파 주제에 여전히 뻣뻣하기 그지없구나."

"도련님. 어떻게 할까요?"

"뭐, 어차피 기루 가다가 잠시 여흥차 들른 것 아니냐. 돌아가자. 일단 오늘은 말이야."

조태범은 호위무사에게 어깨동무를 걸며 씩 웃어 보였다.

"그나저나, 봤느냐? 호예양 말이다."

"호 소저의 옥안을 본 것은 오늘이 처음입니다."

"어땠냐?"

"솔직히, 처음 보는 순간 심장이 떨어지는 줄 알았습니다. 사람이 아닌 것처럼 아름답더군요. 제가 평생 살면서 본 모든 사람 중에 화용월태(花容月態)라는 말이 가장 딱 들어맞는 여인 같습니다."

"그치? 소문대로 경국지색(傾國之色)이지?"

"소문이 오히려 현실을 다 못 전하는 것 같습니다."

"그래. 내가 집착하는 이유가 다 있다니까."

조태범은 비릿하게 웃으며 말을 이었다.

"그렇다면 내가 호예양의 외모를 경국지색이라고 표현한 이유도 알겠지?"

"나라를 망하게 만들 외모라…… 그렇군요. 알 것 같군요."

호위무사는 호정문 전체를 돌아보며 고개를 끄덕였다.

조태범이 말을 받았다.

"예쁜 여자가 돈이 없고 힘이 없으면 불행해지지. 호예양의 불행은 모두 자신의 얼굴에서 비롯된 것이다. 호정문 따위의 여식치고는 너무 예뻐. 그러니까 나 같은 불한당에게 노려지는 것이 아니겠나? 다 자기 스스로 불러온 재앙이다, 이 말이야~"

"그도 그렇습니다. 천하의 색마 조 공자님께 노려지다니, 호 소저의 앞날도 참 기구해지겠군요."

"흐하하하! 이 녀석, 봉급의 반을 기루에서 탕진하는 네놈이 할 말이냐?"

조태범과 호위무사는 주거니 받거니 하며 마구간으로 돌아왔다.

아까의 소란 때문인지 마구간지기들은 모두 다 마구간을 비우고 도망친 지 오래였다.

"옛차. 기루로 가자!"

조태범은 마구간에 넣어 두었던 자신의 흑마 위로 뛰어올랐다.

한데? 거친 성격의 이 흑마는 어찌된 영문인지 조태범을 등에 올렸음에도 불구하고 아무런 반응도 없이 가만히 서 있을 뿐이었다.

"뭐야, 이 녀석? 왜 가만히 있어? 어서 가지 않고."

조태범은 의아한 표정으로 흑마를 내려다보았다.

기와집 한 채 가격의 돈을 주고 구입한 이국의 명마.

한 번 고삐를 당기는 것만으로도 앞으로 쭉쭉 나가는 이 귀한 보물이 오늘은 어째 평소와 같지 않게 얌전하다.

"뭐지? 어디 아픈가?"

호위무사가 말의 얼굴을 만졌다.

바로 그 순간.

부글……

흑마가 갑자기 게거품을 물며 눈을 까뒤집었다.

그러고는.

쿵!

그대로 옆으로 쓰러지더니 혀를 빼물고 죽어 버렸다.

추이는 멀찍이 떨어진 곳에 서서 마구간 안을 바라보고 있었다.

조태범과 호위무사가 쓰러진 말을 보며 발을 동동 구르고 있는 것이 보인다.

말이 왜 죽었는지를 파악하기 위해 말의 몸 전체를 살피고 있는 듯하나.

"헛수고."

그들이 말이 죽은 이유를 알게 될 일은 없을 것이다.

왜냐하면 저 말을 죽인 자가 바로 추이이기 때문이다.

뚝– 뚝–

추이의 손에 들린 말의 간에서 피가 뚝뚝 떨어진다.

전장에서 수많은 말을 죽여 본 추이는 눈에 띄는 외상 없이 말을 죽이는 방법을 서른세 가지도 넘게 알고 있었다.

그중 하나는 바로 기름칠을 한 손을 말의 항문에 집어넣어 간을 빼내는 것이었다.

'호조공(狐爪功). 여우누이의 술.'

과거, 말단 병사로 전장을 뒹굴던 당시에 배웠던 잡기들 중의 하나였다.

추이에게 이걸 알려 준 '매구'라는 이름의 병사는 식량 보급이 안 나와 배를 곯을 때마다 몰래 마구간을 돌며 군마의 간을 빼먹곤 했었다.

'그러다가 걸리는 바람에 목이 잘려 삼백 일간 효시되었지만 ……뭐, 아무튼.'

마구간을 나오며 투덜거리는 조태범을 추이는 물끄러미 바라보았다.

"저 녀석인가 보군. 조가장의 호색한 외동아들이."

과거 호예양에게 들어서 안다.

호정문이 몰락하게 된 계기가 바로 조가장 때문임을.

조가장이 흑도방이라는 곳에 의뢰를 넣어 호정문을 습격했고 호정문은 세상에서 사라진다.

호예양은 단지 조가장과 호정문의 이권 다툼 때문에 벌어진 참사라고 했지만…… 사실 진짜 이유는 호예양의 미모를 탐한 조태범 때문이었던 것이다.

호예양 본인이 이 사실을 알고 있었는지는 확실하지 않다.

하지만 추이는 그가, 아니 그녀가 이 사실을 알고 있었을 것이라 확신했다.

'그 녀석이 어떤 마음으로 자신의 얼굴을 불로 지져 없앴는지 알겠군.'

불로 얼굴을 지지고 숯을 삼켜 목소리를 태웠던 것은 단지 외모를 바꾸기 위해서만이 아니었다.

자신의 아름다움을 저주처럼 생각했기 때문이었다.

저벅─

생각을 마친 추이는 조용히 발걸음을 옮겼다.

그리고 지평선 너머로 사라진 조태범의 뒤를 밟기 시작했다.

저벅─ 저벅─

친구의 원수를 만났는데 달리 말이 필요 있으랴?

저벅─ 저벅─ 저벅─

행동으로 보여 주면 될 일이다.

보복행

추이는 안휘성 내송현의 한 마을을 찾았다.

아궁이에서 뽀얀 연기가 피어오르는 집집마다 웃는 소리, 우는 소리, 화내는 소리 등등이 다양하다.

그중 연기도 피어오르지 않고 소리도 들려오지 않는 집이 있었다.

쓰러져 가는 초가집.

추이는 허물어져 가는 사립문을 지나 잡초 무성한 마당으로 들어왔다.

농기구 일체

바람이 싸늘하게 불어올 때마다 쪼개져 있는 간판이 삐그덕 삐그덕 소리를 냈다.

한때는 낫이나 쇠스랑 등의 농기구를 만드는 대장간이었던 곳으로 짐작된다.

"여기도 오랜만이로군."

추이는 작게 중얼거렸다.

회귀하기 전, 한창 창귀(槍鬼)라는 마명을 떨치고 다닐 무렵에 들렀던 곳이었다.

…벌컥!

추이는 대장간의 문을 제멋대로 열고 들어갔다.

"누구야?"

어둠 속에서 목소리가 들려왔다.

추이는 대답했다.

"나다."

"……?"

그러자 탁자에 걸터앉아 있던 노인이 고개를 들었다.

오른쪽 눈, 오른쪽 손, 오른쪽 다리가 없는 노인이 핏기 없는 얼굴을 들어 추이를 바라보고 있었다.

"니가 누군데?"

"추이."

"그런 놈 몰라. 여기는 폐업했고, 이제는 안 해."

"알고 왔어."

추이는 노인의 앞으로 걸어가 탁자 앞에 앉았다.

그리고 말했다.

"농기구를 좀 만들러 왔는데."

"폐업했다니까. 어린놈이 귓구녕이 막혔나."

"일단 망치를 하나 부탁하지."

"……미친놈."

노인은 추이에게서 시선을 뗐다.

그리고 들고 있던 술병을 입으로 가져가려는 찰나.

"길이 열일곱 촌. 자루 둘레는 네 촌. 머리는 구형(球形)으로 둥그렇게. 무게는 열 근을 넘지 않았으면 좋겠군."

추이의 말이 노인의 손을 멎게 했다.

그는 입으로 가져가려던 술병을 내려놓고는 잠시 추이를 바라보았다.

"그런 걸로는 못이 안 박힐 텐데?"

"못 박는 용도 아니야."

"허 참. 아예 망치 대가리에 가시도 몇 개 달아 주랴?"

"그럼 휴대하기가 불편해."

"……."

노인은 추이를 가만히 바라보았다.

이윽고.

탁—

그는 손에 든 술병을 탁자에 내려놓았다.

그리고 하나 남은 눈을 가늘게 떴다.

"다른 건?"

"여덟 촌 반짜리 송곳 두 개. 스물여섯 번 단조된 놈 하나, 서른네 번 단조된 놈 하나."

"자루는?"

"아무거나. 단, 겉은 한지홀률(旱地惣律)의 가죽으로. 허릿심 부근이면 좋겠군."

"마감은?"

"빈틈없이."

노인은 머리를 북북 긁었다.

비듬이 소금처럼 수북하게 떨어졌다.

"오래 걸려."

"안 돼. 빠르게 해."

"모레 오전에 와."

"내일 오후에 가지."

"정말 미친놈이로고."

노인은 술병을 저 멀리 집어 던져 깨 버렸다.

독한 화주가 먼지 쌓인 바닥을 적신다.

추이가 물었다.

"무게감 있고 깔끔한 게 있으면 좋겠는데."

"칼은 어때."

"짧아."

"도끼는."

"무거워."

"창을 찾나?"

"내와 봐."

노인은 자리에서 일어났다.

그는 바닥에 깔린 덮개를 치우더니 그 밑에 있는 나무 문을 열었다.

이윽고, 노인은 그곳에서 검은 천에 둘둘 감싸져 있는 창한 자루를 꺼냈다.

아무런 장식도 없는, 흑빛의 창 한 자루.

추이는 무표정한 얼굴로 말했다.

"너무 짧은데. 일 장(丈)은 넘어야 써."

"그런 건 군부대나 가야 있어. 이게 제일 긴 거야. 날을 갈려면 하루는 걸려."

추이는 고개를 끄덕였다.

"작고 예민한 것은 없나?"

"철질려는 어때."

"다 가져와."

노인은 힘겨운 발걸음으로 일어나 위쪽의 벽을 한번 손으로 쓸었다.

먼지가 우수수 떨어지는가 싶더니 벽 안쪽에 있는 작은 공간이 드러났다.

그 안에는 괴상하게 생긴 못들이 가득 들어 있었다.

딸깍— 딸까닥!

노인은 못 네 개를 들어 대가리를 서로 붙였다.

그러자 못들은 서로 단단하게 조립되어 철질려의 형상을 갖추게 되었다.

"속이 비어 있는 못이라서 피를 빼내기에 좋지. 끝부분에 미늘이 돋쳐 있어서 한번 박히면 잘 빠지지도 않아."

추이는 조용히 고개를 끄덕였다.

그러고는 다시 물었다.

"작업복은?"

"허 참, 대장간에서 옷 찾는 놈이 다 있군."

노인은 혀를 내둘렀다.

하지만 처음의 권태로운 눈빛은 사라진 지 오래였다.

훌렁—

그는 자신이 입고 있던 더러운 상의를 벗었다.

회색 털로 되어 있는 가죽옷이었는데 군데군데 술과 토사물이 말라붙어 굳은 흔적이 역력했다.

노인은 그것을 팡팡 털고는 탁자 위에 엎어놓았다.

"곰 가죽. 사람 일흔넷을 잡아먹은 놈이야."

"용케 잡았군?"

"그놈은 아무도 못 잡았어. 저 혼자 늙어 죽었지."

추이는 곰 가죽 갑옷을 한번 쓸어 보았다.

노인이 첨언했다.

"웬만한 병장기로는 못 뚫어. 뭐, 좀 아프긴 하겠지만."

추이는 고개를 끄덕였다.

"후식은?"

"무슨 맛."

"혀가 바싹바싹 마르는 맛. 진한 것으로."

그 말을 듣자마자 노인은 탁자 위로 올라갔다.

또다시 먼지가 우수수 떨어지고, 천장 위 서까래 부근에 있던 문이 열렸다.

그 안에는 손바닥만 한 크기의 작은 항아리들이 쭉 줄지어 있었는데, 노인은 그중에서도 가장 안쪽에 있는 밀봉된 항아리를 꺼내 놓았다.

"맹독. 남만산이야. 묘족들이 쓰는 거라고 들었는데, 무서워서 확인은 못 해 봤어."

"시음도 되나?"

"원래는 돈 받아야 돼."

추이는 항아리의 밀봉을 풀고 안에서 올라오는 냄새를 맡아 보았다.

그러고는 짧게 말했다.

"사기당했군, 주인장."

"젠장. 그럴 것 같더라니."

"그래도 줘. 강족(姜族)의 것도 쓸 만하지. 묘족의 것만은 못해도.”

추이는 주문을 끝냈다.

노인이 건조한 목소리로 말했다.

“어디로 보내 줄까?”

“가지러 오지.”

“농사짓고 싶어서 안달이 난 모양이군.”

“그 전에 비료부터 만들 생각이야. 밭에 미리 파묻어 놓
게.”

“이것저것 많이도 샀어. 비쌀 텐데.”

“원하는 걸 말해 봐.”

추이가 말했고, 노인이 들었다.

둘 사이에 돈 이야기는 오가지 않았다.

노인은 하나뿐인 눈을 감고 잠시 무언가를 생각했다.

“……은퇴 후에는 혼자 조용히 살았어. 말년에 겨우 얻은
딸 하나 키우면서.”

노인이 말했고, 추이가 들었다.

“딸이 죽었는데.”

“…….”

“사흘 됐어.”

“…….”

“살려 줄 수 있겠는가?”

“…….”

노인이 바람에 삐그덕거리는 문을 바라보며 혼자 이야기
했다.

추이가 대답을 하지 않자 그는 작게 한숨을 쉬었다.

"피 냄새가 하도 진해서 귀신인 줄 알고 부탁했는데. 역시
안 되는군."

그러고는 할 수 없다는 듯이 말했다.

"그럼 아쉬운 대로, 딸을 죽인 놈들이라도 죽여 줘."

"누군데."

"흑도방."

"알았다."

"네 명이야."

"알았다고."

"흑도사걸이라는 놈들인데…… 젠장, 누군지도 안 묻나?"

노인은 투덜거린다.

추이는 더 들을 필요 없다는 듯 일어났다.

"어차피 다 죽일 거야."

그 말을 끝으로 추이는 대장간을 나섰다.

막 사립문을 벗어나려던 그때.

멈칫—

추이의 발걸음이 멎었다.

사립문 옆에 개집 하나가 텅 비어 있는 것이 보인다.

그 앞에는 피가 말라붙어 있는 말뼈다귀 하나가 굴러다니

고 있었다.

뒤에서 노인의 목소리가 들려왔다.

"복날에 개 잡았던 거야. 올 여름은 그걸로 버텼어."

원래는 개가 물어뜯었던 뼈다귀가 개를 죽이게 되었다.

추이는 굵은 말뼈다귀를 집어 들었다.

노인이 물었다.

"그건 왜?"

"마음에 들어서. 물건들이 완성되기 전까지는 이걸 쓰도록 하지."

뒤도 돌아보지 않고 떠나는 추이.

그리고 그런 추이를 바라보는 노인.

노인의 표정은 미묘하다.

웃는지 우는지, 어쩌면 둘 다인지, 모를 표정이었다.

그가 딸을 생각하는지 딸을 죽인 이들을 생각하는지, 어쩌면 둘 다인지, 이 또한 모를 일이었다.

흑도방. 내송현을 주름잡고 있는 사도 문파.

고래등같이 펼쳐져 있는 흑도방 안에서는 오늘 중요한 회의가 있다.

각 지역 분파들의 분파장들이 한데 모여 상납금을 정산하는 날이기 때문이다.

그래서 흑도방의 정문을 지키고 있는 문지기의 눈빛에는 잔뜩 기합이 들어가 있었다.

그때.

남루한 옷가지를 걸친 한 소년이 흑도방의 정문 앞으로 걸어왔다.

손에는 썩은 내 나는 뼈다귀 하나를 든 채로.

문지기는 코웃음 쳤다.

"이건 또 어디서 굴러먹다 온 개뼈다귀야?"

정문 앞에 서 있는 추이를 향해, 문지기는 침을 뱉으며 말했다.

"그거 뜯어 먹으려고 갖고 다니는 거냐? 저리 꺼져. 냄새 나니까."

하지만 문지기는 더 이상 말을 이을 수 없었다.

빠—각!

위에서 아래로 휘둘러진 뼈다귀에 의해 골통이 박살 나 즉사했기 때문이다.

"뭐, 뭐냐!?"

"이 새끼가!?"

옆에서 히죽이죽 웃고 있던 두 명의 문지기가 부리나케 반응했지만.

뻑! 우득—

그들 역시도 뼈다귀에 의해 안면이 함몰되고, 목이 부러져 즉사했다.

추이. 방금 흑도방도 세 명을 죽인.

그는 뼈다귀에 새롭게 말라붙은 피를 툭툭 털어 냈다.

그러고는 흑도방의 정문을 열고 그 안으로 들어갔다.

이글거리는 횃불 아래 흑도방의 장원이 훤히 보인다.

회귀 전에도 왔었던 곳이라 내부 지리는 얼추 눈에 익다.

'……그때는 많이 놓쳤었지.'

추이는 뼈다귀를 들어 올려 허공에 대고 몇 번 휘둘렀다.

문지기 개 세 마리 가지고는 아직 몸이 덜 풀린 모양이다.

'이번에는 좀 더 꼼꼼하게 해 보자.'

도주로도 다 꿰고 왔으니 지난 생에 놓쳤던 놈들까지 전부 잡아 죽일 수 있을 것이다.

추이는 천천히 발걸음을 옮겼다.

흑도방 안쪽.

사냥터 가장 깊숙한 곳으로.

흑도방주 구양포.

그는 상위 조직에 상납해야 할 상납금을 정산하느라 조금 예민해져 있는 상태였다.

그런 구양포에게 빈정거리고 있는 남자가 있었다.

조가장의 호위무사. 조태범을 항시 지키는 자였다.

"실패하셨더군?"

"……."

호위무사의 말에 구양포는 입을 꾹 다물었다.

가뜩이나 상납금 문제 때문에 골치 아픈데 일이 더 꼬여 버렸다.

조가장의 호위무사는 시종일관 짜증스러운 표정이었다.

"장주께서 화가 많이 나셨소. 우리 도련님께서도."

"……."

"흑도방도들을 녹림도로 위장시켜서 호질표국을 습격한다. 표사들을 다 죽여서 호질표국의 위세를 확 꺾고, 강탈한 표물들은 흑도방에서 알아서 처리한다. 거기에 우리 조가장의 사례까지 듬뿍. 이 얼마나 남는 장사였소?"

"……."

"근데 그걸 못 해서 이 모양 이 꼴이 되나? 어휴. 그러니까 사도련에 갖다 바칠 상납금도 간당간당한 거요. 이러다가 수금귀라도 내려오게 되면? 그때는 어쩔 거요?"

호위무사의 빈정거림에 구양포는 대꾸하지 못했다.

이상한 일이었다.

분명 호질표국 표사들의 무공 수준은 완벽히 파악하고 있었다.

그들을 전멸시키고도 남을 만한 인원수를 보냈는데, 어째서 이쪽이 역으로 전멸당했을까?

살아 돌아온 흑도방도가 하나도 없었기에 당최 무슨 일이 일어난 것인지 알 길이 없었다.

이윽고, 구양포가 짜증을 냈다.

"다음번에는 성공할 것이오. 흑도사걸(黑道四傑) 애들을 보낼 테니까."

"처음부터 그들을 보냈으면 됐잖소?"

"이렇게 될 줄 알았나? 애초에 호질표국 표사들의 무공 수위에 대해 잘못 알려 준 조가장 잘못도 있지."

"이걸 우리 탓을 한다고? 허 참."

호위무사가 피식 웃었다.

이윽고, 그는 상체를 앞으로 숙인 채 진중한 어조로 입을 열었다.

"이번에는 실수 없어야 하오."

"알겠소."

"호질표국의 이번 표행이 실패해야 호정문이 자금적으로 궁지에 몰리게 되오. 그래야 그놈들이 우리 도련님의 혼담을 받아들이지."

"알겠다니까."

"호예양, 그 자존심만 있는 계집이 결국 돈에 못 이겨 몸을 파는 꼴을 보셔야만 우리 도련님의 속이 풀려. 아시겠소?"

"아, 몇 번을 말하오!"

호위무사와 구양포는 티격태격 말다툼을 벌인다.

바로 그때.

콰—쾅!

복도 저 너머에서 요란한 폭음이 들려왔다.

"……?"

"뭐요?"

구양포와 호위무사가 동시에 자리에서 일어났다.

그 순간.

툭—

무언가가 내실 안으로 굴러들어왔다.

데굴데굴데굴……

그것은 네 개의 목이었다.

흑도사걸. 흑도방의 최고수들.

구양포를 제외하면 흑도방에서 가장 강한 무인 네 명이 이렇게 목만 남아 굴러 들어온 것이다.

추이는 맨 처음 정문에서 시작해 안쪽 장원으로 들어올 때까지 정확히 마흔네 명을 죽였다.

달리 무기는 쓰지 않았다.

손에 든 말뼈다귀 하나가 전부였다.

뚝-

말의 대퇴골에 닿은 인간의 두개골은.

딱-

마치 모래알처럼 바스라졌다.

그때.

"웬놈이 소란이냐?"

추이의 앞을 가로막는 네 사람이 있었다.

붉은 얼굴, 칼자국, 애꾸눈, 수염쟁이.

무공 수위는 삼류에서 이류 사이.

추이는 이들의 정체를 빠르게 파악했다.

"흑도사걸 맞지?"

"어린놈이 건방지…… 헉!?"

흑도사걸 중 하나가 말을 끝맺지 못하고 헛바람을 집어삼
켰다.

추이가 대뜸 발을 걷어올려 붉은 얼굴의 사타구니를 걷어
찬 것이다.

"크학!?"

알 두 쪽이 연달아 터져 나갔다.

사타구니를 움켜잡고 쓰러진 붉은 얼굴의 옆으로 얼굴에
칼자국 난 남자가 달려든다.

그러자 추이는 곧바로 손가락을 뻗어 칼자국의 눈을 찔러

버렸다.

"아악! 씨발!"

눈을 부여잡고 물러나는 칼자국의 머리 위로 애꾸눈과 수염쟁이가 뛰어올랐다.

추이는 애꾸눈의 사각지대로 뼈다귀를 집어 던졌고, 동시에 수염쟁이의 칼을 피해 뒤로 물러났다.

뼈—억!

비륜(飛輪)처럼 날아든 말뼈다귀에 머리를 스친 애꾸눈이 그대로 바닥에 고꾸라졌다.

살짝 뭉개진 관자놀이에서 뇌수가 방울방울 흘러나오고 있었다.

동시에, 추이는 복도에 있던 도자기를 걷어찼다.

깽창!

도자기의 허리 부근이 박살 나며, 날카로운 파편들이 곧장 허공으로 비산했다.

…푸푸푸푹!

날카로운 파편들이 한 손으로 사타구니를 붙잡고 있던 붉은 얼굴의 얼굴을 더더욱 붉게 물들여 놓았다.

"끄아아아악!"

붉은 얼굴이 주춤하는 순간, 추이는 바닥에 떨어진 말뼈다귀를 들어 그의 얼굴을 후려쳐 버렸다.

움푹—

시뻘겋게 물든 얼굴이 이상한 모양으로 푹 꺼졌다.

눈알과 이빨들이 제각기 다른 방향으로 튀어나와 흩어졌다.

"뭐, 뭐야 이 새끼. 뭐 이렇게 이상하게 싸워?"

수염쟁이가 황당하다는 듯 입을 벌린다.

기상천외한 싸움 수법이 난무하는 흑도에도 이런 식으로 무자비하게 싸우는 놈은 없었다.

적어도 그가 알고 있기로는 말이다.

바로 그때.

"으아아아아아!"

격분한 칼자국이 앞으로 달려들었다.

부웅—

칼이 휘둘러졌지만 복도가 좁아서 궤도가 끝까지 이어지지 못했다.

추이는 고개를 숙여 칼을 피했고 그대로 머리를 들어 칼자국의 귀를 물어뜯었다.

뿌드득!

귀가 뜯겨 나가며 선혈이 펑펑 뿜어져 나온다.

"흐악!?"

귀를 붙잡으며 물러나고 있던 칼자국이 발을 헛디디는 순간.

푸—욱!

추이는 도자기 파편 하나를 들어서 칼자국의 뜯겨 나간 귓속 깊숙이 박아 넣었다.

쿵!

칼자국마저 바닥에 드러눕자 이제는 수염쟁이 혼자가 되었다.

"으, 으어어어……."

수염쟁이는 뒤로 주춤주춤 물러났다.

그 앞으로 추이가 걸어오고 있었다.

질겅질겅…… 오도독– 오독–

씹던 귀를 바닥에 퉤 뱉는 추이.

그 태도는 너무나도 한가로워서 마치 산책이라도 나온 사람 같았다.

"이, 이 새끼!"

수염쟁이는 긴 칼을 빼 들어 추이를 향해 휘둘렀다.

그러나.

추이는 너무도 쉽게 칼을 피했고 수염쟁이의 옆구리 빈틈을 파고들었다.

빠–각!

뼈다귀가 뼈다귀를 부순다.

수염쟁이는 갈비뼈가 모조리 부러진 것도 모자라 그것이 폐를 관통했다는 사실을 깨달았다.

그는 칼을 놓쳤다.

그러고는 옆구리를 부여잡은 채 벽에 기대어 쓰러졌다.

"허억…… 헉…… 너 뭐냐. 누가 보내서 왔냐?"

"대장간."

"뭐?"

수염쟁이는 이해하지 못했다는 듯 미간을 찡그렸다.

하지만 추이는 더 이상 대답을 해 주지 않았다.

다만 손에 든 말뼈다귀를 뒤로 장전했다가.

빠—각!

크게 휘둘러, 벽과 수염쟁이의 아래턱을 동시에 부숴 버렸을 뿐이다.

"흑도사걸. 끝."

추이는 칼을 주워 들었다.

그리고 쓰러진 시체에서 목을 잘라 냈다.

때때로, 사람의 신체는 자신의 뜻을 전달하는 좋은 수단이 된다.

말이 통하지 않는 상대에게는 더욱 그렇다.

추이는 흑도사걸의 목을 잘라 내어 머리카락을 한데 꼬아 묶었다.

그러고는 붉게 변한 복도를 총총걸음으로 걸어 안쪽으로 향했다.

'흠. 무기가 완성된 다음에 올 걸 그랬나?'

하지만 그러려면 무려 하루를 기다려야 한다.

차라리 그동안 몸이라도 풀어 놓는 것이 나았다.

'그래야 바로 조가장을 방문할 수 있으니.'

추이는 목을 좌우로 꺾으며 멈춰 섰다.

툭- 데굴데굴데굴……

네 개의 목을 순서대로 굴린다.

하나같이들 상태가 엉망이라 제대로 굴러가지는 않았지만, 오히려 그렇기에 뜻이 더 잘 전달될 것이다.

이윽고.

"어흠- 커흠!"

복도 안쪽에서 금방 반응이 왔다.

조가장의 호위무사가 밖으로 걸어 나온 것이다.

"나는 정파의 조가장 소속으로 이런 더러운 사파의 흑도 무리와는 무관하오. 오늘은 그저 몇 가지를 협상하기 위해 왔을 뿐."

그는 추이를 향해 꾸벅 목례를 했다.

"보아하니 이 사특한 흑도방 놈들을 토벌하러 온 영웅이신 듯한데, 한 몫 거들어 드릴까?"

"……."

추이는 달리 대답하지 않았다.

다만.

"퉤-"

입술을 깨물어 피를 낸 뒤 그것을 호위무사를 향해 뱉었을 뿐이다.

"으앗!?"

그는 추이가 뱉은 피를 눈에 맞고선 깜짝 놀라 물러났다.

"무슨 짓이냐! 나는 조가장 소속이지 흑도방 소속이 아 닌…… 끄아아아아아악!?"

호위무사는 말을 하다 말고 갑자기 눈을 미친 듯이 문지르기 시작했다.

추이는 과거 혈마가 했던 말을 떠올렸다.

'이 무공을 숙련되게 익힌 자를 '이올(彝兀)'이라 부른다. 이 올의 피는 어지간한 무림인에게는 극독과 같다. 자신의 것 이 아닌 남의 내공을 태우고 말려 버리는 성질이 있기 때문 이다'

현재 추이의 창귀칭은 아직 굴각의 단계, 그것도 기껏해야 일 층계에 불과하다.

이올의 단계까지는 갈 길이 한참 멀었다.

'그래도 어느 정도 효과는 있지.'

눈앞에 있는 호위무사가 눈을 벅벅 비비며 발광하는 것으로 보아 썩 효력이 괜찮은 것 같았다.

맹독까지는 아니어도 극도로 매운 고춧가루를 눈에 흩뿌린 수준은 될 것이다.

…차앙!

호위무사가 허리춤에서 칼을 뽑아 들었다.

아까의 흑도사걸보다도 훨씬 더 빠르고 날카로운 참격이 몰아쳤다.

내공이 은은한 기체의 형태로 응집되어 있는 것을 보니 최소 이류 이상은 되는 무인.

쩌—억!

호위무사의 칼에 닿은 벽이 두부처럼 갈라졌다.

검신을 타고 고속으로 회전하는 내공의 기류가 벽을 잘라 버린 것이다.

콰콰콰쾅!

한쪽 벽면이 무너져 내린다.

하지만 추이는 조금도 당황하지 않은 채 말뼈다귀를 들었다.

지금껏 호흡 뒤에 숨겨 놓고 있었던 기운이 여과없이 폭사되었다.

츠츠츠츠츠츠……

시뻘건 아지랑이가 말뼈다귀 표면에 난 작은 구멍들 속에서 스멀스멀 피어오른다.

지금껏 흑도방으로 들어오면서 때려죽인 이들의 원혼이 피가 뚝뚝 떨어지는 말뼈다귀 끝으로 불길하게 응집해 들었다.

[살려 줘……]

[죽기 싫어……]

[아파…… 추위……]

[흑흑흑흑흑흑흑흑……]

맨 마지막에는 창귀가 된 흑도사걸의 얼굴이 나타났는데, 그것들은 추이의 몸 주변을 연신 배회하며 피눈물을 흘리고 있었다.

겨우 뜬 눈으로 그것을 본 조가장의 호위무사가 질겁했다.

"마, 마공!?"

사파의 조잡한 사술(詐術) 따위가 아닌, 진짜배기 무림공적의 상징이었다.

⁂

흑도방주 구양포.

그는 지금 복도에서 벌어지고 있는 혈전을 바라보며 이를 악물고 있었다.

마공을 익힌 마인(魔人)의 출현.

이것이 무엇을 의미하는가?

주르륵–

차게 식은 땀이 목덜미를 적신다.

구양포는 본디 사파에서 나고 자란 무림인이었다.

정파의 '정'이 정(正)이 아니라 정(定)인 것처럼, 사파의 '사'는 사(邪)가 아니라 사(私)다.

정파가 '정의로운 집단'이라는 뜻이 아닌 것처럼, 사파 역시도 '사악한 집단'이라는 뜻은 아니다.

명분과 규범을 상대적으로 덜 중요시 여기는 풍조만이 차이점일 뿐, 무를 숭상하고 몸과 마음을 수양한다는 점에서 이 둘은 궤를 같이하는 개념이었다.

……하지만 마(魔)는 아니다.

그것은 글자의 의미 그대로 인외(人外)의 뜻을 가지며, 사파 중에서도 거칠고 비인간적인 무리로 일컬어지는 흑도(黑道)를 훨씬 뛰어넘는 악(惡) 그 자체이다.

정이든 사든 나눌 것 없이, 마는 무조건 멸해야 하는 공적(公敵)인 것이다.

'대관절 저 새끼는 뭐냔 말이다! 대체 왜 흑도방에 나타난 거냐고!'

처음 습격자의 얼굴을 보았을 때, 구양포는 그가 정파의 고수라고 생각했다.

'지들만의 정의에 심취한 정파 새끼들이 아니면 누가 이런 짓을 하겠어.'

흑도사걸의 머리통을 잘라 내 굴려 보내는 것으로 보아 미쳐도 대쪽같이 미친 새끼가 아닌가 싶었지만…… 그 생각은 조가장의 호위무사가 죽음으로써 바뀌었다.

'아무리 미친 새끼라고 해도 이건 선을 넘었다. 정파 소속일 수가 없어. 흑도다. 저 녀석은 흑도가 틀림없어!'

하지만 다 틀렸다.

저건 마. 정과 사와는 아예 궤를 달리하는 무시무시한 존재였다.

구양포는 생각했다.

'마인은 미쳐 날뛰며 폭주하는 것밖에 모르는 짐승이지. 산에서 맹수가 내려온 상황이나 다름없을 것이다. 그러니 빨리 후문으로 도망쳐서 사도련이든 무림맹이든 구원 요청을 보내야지.'

마공이라는 것이 원래 그렇다.

초반에는 습득하는 속도가 미친 듯이 빠르지만 중반을 넘게 되면 십중팔구 광인이 되어 버린다.

이는 후반부, 지고의 경지에 도달해야만 극복할 수 있는데 그 경지까지 살아남는 마인들의 수는 거의 없다.

있다고 해도 이미 무림공적으로 낙인찍혀 천라지망에 갇혀 죽거나 혹은 뇌옥에 수감된 다음일 테니까.

…퍽! …퍽! …퍽!

적은 조가장의 호위무사를 뼈다귀로 때려죽이고 있다.

거의 육전 반죽이 되어 버린 호위무사의 얼굴에서 시선을 뗀 구양포는 살금살금 걸어가 내실 안쪽의 비밀통로로 향했다.

그때.

"……네가 구양포지?"

믿을 수 없는 일이 벌어졌다.

마인의 입에서 사람의 말이 나온 것이다.

"!?"

도망치려던 구양포는 귀신이라도 본 듯 놀라 발걸음을 멈췄다.

'이성이…… 있어?'

놀라운 일이다.

세상에 제정신을 유지하고 있는 마인이 있다니.

'그렇다는 것은…….'

다리가 덜덜 떨려 오기 시작한다.

상대는 마인. 이성을 가지고 있는 마인.

그렇다면 아마 상대는 지고의 경지에 올라 있는 존재일 가능성이 컸다.

'절정고수!'

이제 막 이류에서 일류로 가는 길목에 서 있는 구양포에게는 하늘보다 더 높은 경지였다.

츠츠츠츠츠츠츠……

이윽고, 마인이 기세를 갈무리하기 시작했다.

놀랍게도 그 전까지 느껴지던 짙은 마기가 싹 사라졌다.

구양포는 더더욱 절망했다.

마기를 스스로 제어할 수 있을 정도의 강자라면 자신으로서는 죽었다 깨어나도 이길 수 없다.

그는 적의 앞에 냅다 무릎을 꿇었다.

그리고 손이 발이 되도록 빌기 시작했다.

"살려 주십시오! 살려만 주시면 무엇이든 하겠습니다!"

추이는 묘족의 호흡을 통해 마기를 억누르고 있었다.

대기 중의 맑은 기운을 흡수하여 단전에 갈무리하자 폭풍우처럼 휘몰아치던 매캐한 기운이 점차 가라앉아 간다.

츠츠츠츠츠츠……

방금 죽인 조가장의 호위무사가 창귀가 되어 추이에게 들러붙었다.

[도…… 련…… 니임……]

살겁의 업보가 영혼에 눌어붙었고 그로 인해 창귀칭의 내력은 더더욱 심후해진다.

흑도사걸에 이어 또다시 강한 창귀를 흡수했기에 추이의 경지 역시도 높아졌다.

추이는 단숨에 굴각 사 층계에 도달했다.

전생에서는 도달하기까지 일 년이 넘게 걸렸던 경지였다.

바로 그때.

"사, 살려 주십시오!"

흑도방의 방주 구양포가 머리를 조아렸다.

"살려만 주시면 무엇이든 하겠습니다!"

그는 덜덜 떨면서도 꿋꿋하게 말을 이었다.

"오. 오늘은 사도련에 상납금을 바치는 날입니다. 문제가 생긴다면 저야 그냥 파리 목숨처럼 죽고 끝나겠지만……행여라도 자칫 귀하신 분에게 귀찮은 일이 생길까 염려됩니다!"

한마디로, 자신은 사도련의 비호를 받고 있으니 함부로 죽였다간 뒤탈이 있을 것이라는 뜻이다.

추이는 잠시 멈칫했다.

상대방이 추이의 무공 수준에 대해서 무언가 오해를 하고 있는 것 같은데, 이 기회를 잘 이용하면 생각보다 일이 훨씬 더 쉽게 풀릴 수 있을 것 같은 느낌이었다.

추이는 짤막하게 말했다.

"스스로 무공을 폐해라."

"예, 예? 무공을요?"

"싫으면 죽든가."

"……."

구양포는 이를 악물었다.

스스로 단전을 부숴서 무공을 폐한다면 그는 폐인이 된다.

그렇게 되면 어차피 죽은 목숨이나 다름없으니 한번 발악이나 해 볼 일이었다.

바로 그 순간.

섬뜩─

엎드려 있던 구양포의 뒤통수에 서늘한 감각이 깃들었다.

그가 황급히 뒤로 물러서려는 순간.

빠—각!

추이의 뼈다귀가 구양포의 머리에 빗맞아 스쳤다.

"끄흑!?"

지레 겁먹고 엎드려 있느라 공격을 허용했다.

구양포는 피를 줄줄 흘리며 뒤로 비틀비틀 물러났다.

그 앞으로 추이가 천천히 걸어오고 있었다.

구양포가 씹어 내뱉듯 외쳤다.

"이놈! 절정고수가 아니구나! 기껏해야 이류무인 따위가 감히!"

그는 순식간에 상대의 깊이를 가늠했다.

"어떤 사술로 눈속임을 한 것이냐!"

"……."

추이는 그저 피식 웃을 뿐이다.

부웅—

뼈다귀가 휘둘러진다.

검붉은 기운이 뼈다귀를 통해 스멀스멀 피어올라 대기 중으로 흩뿌려지고 있었다.

"커흑! 컥! 뭐, 뭐야 이게!?"

대기중으로 번지는 붉은 기운을 들이마신 구양포가 연신 기침을 했다.

눈이 따갑고 입안이 맵다.

어쩐지 몸 안에 흐르고 있는 내공이 탁하게 변질된 느낌이
들었다.

[킥킥킥킥킥킥······]

[죽어······ 너도 죽어······]

[우리랑 같이 가요······ 방주님······]

더군다나 귓가에는 계속 익숙한 웃음소리들이 들려온다.

죽은 흑도방도들의 목소리였다.

"으, 으아아······ 으아아아아아!"

구양포는 허리춤의 도를 뽑아 들고 계속해서 휘둘렀다.

하지만 죽은 흑도방도의 망령들은 계속해서 구양포의 몸
주위를 맴돌고 있었다.

순간.

핑−

구양포의 몸이 휘청거렸다.

아까 전에 엎드려 있을 때 뼈다귀에 맞은 뒤통수에서 피가
철철 흘러내리고 있었다.

아마 어디를 잘못 맞은 모양.

"이, 이런······."

점점 손끝에 힘이 풀린다.

들고 있던 칼이 점점 무거워지기 시작했다.

비틀거리는 구양포의 앞으로 짙은 그림자가 드리워진다.

"원래대로였으면 죽이기가 조금 어려웠을 수도 있었겠군."

추이는 비틀거리고 있는 구양포를 향해 고개를 끄덕였다.

원래 구양포는 일류의 경지를 눈앞에 두고 있었던 무인.

만약 놈이 작정하고 방어에만 전념했다면 추이로서도 상당히 귀찮은 일이 될 뻔했다.

하지만 놈이 뭔가를 제멋대로 오해하고 갈팡질팡하는 바람에 상황이 훨씬 쉬워졌다.

꾸르르륵!

흑도사걸과 조가장의 호위무사가 창귀가 되어 추이를 거들었다.

강한 자의 망령은 내공을 더욱 심후하게 만드는 영약과도 같다.

추이는 뼈다귀를 굳게 잡았다.

그리고 눈앞에 있는 구양포를 향해 일직선으로 휘둘렀다.

구양포는 황급히 그것을 피하려 했으나.

…뚜각!

아슬아슬하게 팔꿈치를 내주고 말았다.

"끄흑!"

뼈다귀에 스친 팔꿈치가 순식간에 아작 났다.

밑으로 덜렁거리는 팔을 무시한 구양포는 칼을 직선으로 찔러 넣었다.

하지만, 추이는 인간이라고는 생각되지 않는 기괴한 몸놀림으로 허리를 꺾어 구양포의 공격을 피해 냈다.

"뭐야!?"

구양포는 깜짝 놀라 외쳤지만 이미 늦었다.

추이는 형식과 형식이 맞부딪치는 싸움이 아닌, 대규모의 거대한 난전에 익숙했다.

휘둘러지는 칼뿐만이 아니라 날아드는 화살, 바닥에 쓰러져 있던 적, 흩뿌려지는 신체 파편, 폭발하는 화약, 불, 피, 먼지, 진흙, 단말마 같은 모든 변수들 가운데서 살아남는 법.

인간의 예상이 닿는 궤도와는 무관하게, 아무 때나, 아무 자세에서나 적의 목숨을 취할 수 있는 몸놀림을 추이는 알고 있었다.

'이 자식, 그냥 이류무인이 아니다. 고도의 훈련을 받은 자객, 아니 뭐지⋯⋯!?'

어느 문파 소속이라고 하기에는 지나치게 자유롭다.

낭인이라고 하기에는 움직임에 절도가 있다.

암살자라고 하기에는 대놓고 올곧다.

더군다나 마기라니?

하지만 구양포의 생각은 끝까지 이어지지 못했다.

부웅—

추이는 몸을 허공으로 던졌고 손에 쥔 뼈다귀를 앞으로 내질렀다.

마치 작살처럼 뻗어 나간 뼈다귀는 그대로 구양포의 양 쇄골을 부수고 목젖을 강타했다.

　"께-헥!"

　구양포는 한쪽 손으로 자신의 쇄골들을 받치며 허우적거렸다.

　그느느라 훤히 드러난 몸통에 추이의 뼈다귀가 한 번 더 떨어졌다.

　우직!

　이번에는 옆구리였다.

　구양포는 먹은 것을 죄다 토해 내며 주저앉았다.

　추이의 뼈다귀가 그 앞으로 느슨하게 드리워졌다.

　순간.

　"어으! 으어으으!"

　구양포가 손사래를 치기 시작했다.

　"사, 살려 주십시오 대협! 제발 목숨만은……."

　그는 눈물 콧물을 흘리며 빌기 시작했다.

　아까보다도 훨씬 더 비굴한 태도였다.

　천하의 흑도방주가 이런 모습을 보이고 있다는 사실을 내송현의 사람들이 안다면 모두가 기절초풍할 것이 틀림없었다.

　적어도 내송현 안에서 그는 수많은 서민들의 생사여탈권을 손에 쥔 염라대왕이나 다름없는 존재였으니까.

하지만.

"조가장의 장원 지도를 가지고 와."

추이 앞에서는 이제 언제든 눌러 죽일 수 있는 벌레에 불과했다.

"조, 조가장 말씀이십니까? 알겠습니다! 당장 가져오겠습니다!"

구양포는 엎드린 자세에서 개처럼 기어 내실로 향했고 이내 커다란 지도 한 장을 들고 와 추이에게 바쳤다.

추이는 지도를 품속에 넣은 뒤 말했다.

"호정문에 돈 빌려준 것 있나?"

"예, 예? 호정문이요?"

"있어 없어?"

"이, 있습니다! 채권 서류가 있어요!"

"어디냐."

구양포는 덜덜 떨던 끝에 내실 안쪽의 서랍 한쪽을 바라보았다.

…콰쾅!

추이는 서랍을 뼈다귀로 내리쳐 부쉈다.

그리고 그 안에 있던 모든 빚 문서나 노비 문서, 장부 등등을 꺼내 들었다.

구양포는 피와 식은땀을 뚝뚝 떨어트리며 무릎을 꿇고 있었다.

"대, 대협. 목숨만은 살려 주시면 제가 크게 사례를⋯⋯."

"몇 명이었나?"

"예?"

구양포가 의아한 표정으로 고개를 든다.

추이는 그에게 물었다.

"지금처럼 네 앞에서 목숨을 구걸했던 사람들. 몇 명이었냐고."

"대, 대협⋯⋯ 제발⋯⋯."

구양포는 금방이라도 울 듯 고개를 숙인다.

하지만 추이는 무심한 표정으로 손에 들린 장부들을 들여다볼 뿐이다.

"다른 성에서 양인 여자들을 납치해 와서 강간하고, 홍루에 팔아넘기고, 화대를 착취하고, 그 돈으로 흑도방을 크게 키웠구나. 호질표국에 알게 모르게 빚도 많이 지워 뒀군. 차명 채권으로 말이야."

"흐, 흑도는 다들 그렇게 합니다. 저도 그냥 끄나풀에 불과한⋯⋯."

구양포는 말을 끝까지 이을 수 없었다.

추이는 뼈다귀를 연거푸 내리찍었기 때문이다.

쩍- 쩌억! 쩌-억! 빠각!

구양포의 양쪽 무릎이 박살 나고 두 손도 으깨져 버렸다.

"끄아아아아아악!"

그는 비참한 몰골로 바닥을 나뒹굴게 되었다.

추이는 옆에 있던 화로를 걷어찬 뒤 장부와 각종 문서들을 모조리 태워 버렸다.

불은 장부를 모조리 태우고 몸집을 불려 내실 전체를 불태우기 시작했다.

"이걸로 호질표국 표사들의 한은 조금 풀렸겠군."

호질표국이라는 말이 나오자 구양포의 두 눈이 커졌다.

그런 그의 앞으로 추이가 얼굴을 들이밀었다.

"이제는 형제의 복수를 할 차례다."

추이는 뼈다귀를 높게 들어 올렸고, 그대로 구양포의 머리통을 내리찍었다.

짜—각!

긴 복도가 두 조각으로 쪼개졌다.

구양포의 머리통 역시도 마찬가지였다.

"……."

추이는 복도 창문으로 고개를 내밀고 이쪽을 향해 올라오는 흑도방도들을 쳐다보았다.

언뜻 보기에도 거의 일백에 육박하는 숫자.

이곳까지 뚫고 오느라 지친 추이에게는 상대하기 어려운 숫자였다.

하지만.

ㅊㅊㅊㅊㅊㅊㅊ…….

시뻘겋게 물든 바닥에서 새로운 망령 하나가 몸을 일으킨다.

구양포. 방금 죽어서 창귀가 된 흑도방의 전 주인이 추이의 새로운 힘이 되었다.

…뿌득!

단전 속에서 무언가가 찢어지는 소리가 나며, 내공의 양이 확 증가했다.

이것이 바로 강한 자를 흡수해 창귀로 부리는 마공 '창귀칭'의 진짜 힘이었다.

저벅– 저벅– 저벅–

추이는 뼈다귀를 들고 계단 아래를 향해 천천히 내려갔다.

밑에서 흑도방의 잔당이 올라오는 소리가 들린다.

"오늘은 밤이 길겠군."

아마도 몸을 질리도록 풀 수 있을 것 같았다.

발 없는 말은 하룻밤 사이에도 천 리를 간다.

지난밤, 정체불명의 고수가 나타나 흑도방의 무인들을 몰살시켰다는 소문이 안휘성 전체에 쫙 퍼졌다.

호정문 역시도 이 소문 때문에 시끄러웠다.

"와, 진짜. 내가 아는 여자애가 흑도방에서 시비로 일했었거든? 근데 소문이 다 진짜래!"

호정문의 마구간지기 우동원이 다른 소년들에게 열변을 토하고 있었다.

"어젯밤에 흑도방에서 살아남은 하인들도 다 똑같이 증언 했다더라. 그뿐이야? 흑도방에 큰 빚을 지고 있던 사람들도 말했어. 자기들 빚 문서가 하룻밤 새 다 사라졌다고!"

"와. 그동안 흑도방 패악질에 울던 사람들 속이 다 시원하 겠네."

"그러게 말이야. 솔직히 우리 호정문도 가끔씩 흑도방 놈 들 때문에 골머리였잖아."

"엥? 호정문도?"

"그래~ 호정문이 돈 빌렸던 몇몇 전장에서 그 변제 권리를 흑도방에 팔았다고 하더라고. 그래서 뭐, 가끔씩 와서 말도 안 되는 이자를 내놓으라며 행패를 부리곤 했었어. 근데 그것 들이 다 무효가 되었으니 호정문에도 엄청 좋은 일이지!"

"캬- 어떤 협객이 이렇게 멋진 업적을 이뤄 냈을까? 정말 안휘성의 영웅이다, 영웅!"

우동원을 비롯한 마구간지기들은 서로 주거니 받거니 하 며 지난밤의 사건에 대해 떠든다.

그때, 침을 튀기며 떠들던 우동원의 눈매가 갑자기 사나워 졌다.

"야, 신입! 너 말똥 다 치웠어!?"

그가 소리치고 있는 대상은 바로 추이였다.

"……."

마구간으로 들어온 추이는 잠자코 여물을 푸기 시작했다.

사실 예전에 주예화 표두가 주었던 금패는 아직 꺼내지 않은 상태였다.

자신이 고수의 신분으로 호정문에 머물게 되면 흑도방에서 벌어진 일련의 사건들이 호정문과 엮일 가능성이 있기 때문이었다.

'조가장의 일을 정리하기 전까지는 굳이 주목을 끌 필요가 없지.'

바로 그때.

따─악!

추이의 뒤통수를 치는 손길이 있었다.

우동원. 그는 추이의 일거수 일투족이 마음에 들지 않는 듯 계속해서 시비를 걸어오고 있었다.

"이 새끼 이거, 말똥 좀 치우고 왔다고 표정 썩어 있는 것 봐. 표정 안 풀어?"

"……."

"오갈 데 없는 거지새끼 주워다가 밥 주고 잠자리 주면 고맙습니다~ 하면서 일해야지, 어디서. 어!? 네가 여기서 일할 수 있는 것도 다 호정문주님 덕분이야! 감사한 마음으로 일하란 말이야! 힘든 일 좀 했다고 죽상 떨고 있지 말고!"

우동원은 추이를 다그치며 으쓱거렸다.

가끔 이렇게 한 번씩 약한 놈을 붙잡고 호통을 쳐 줘야 마구간 안에서 군기가 잡힌다.

하지만.

"일이 힘든 것은 너희들이 뒤늦게 들어온 아이들에게 일을 다 떠넘기기 때문이 아닌가?"

뒤이어진 추이의 발언에 우동원은 순간 멍해졌다.

"너 지금 뭐라고 했냐? 미, 미쳤어? 진짜 뒈지고 싶어, 너?"

마구간지기 소년들이 험악한 표정을 지으며 다가온다.

그 모습들을 보며 추이는 옛날의 기억을 떠올렸다.

맨 처음, 변방에 있는 군부대에 신병으로 전입 왔을 때가 생각난다.

몸도 약하고 성격도 무뚝뚝해서 고참들에게 괴롭힘을 당하던 시절.

자고 일어나면 물건들이 다 없어져 있고, 밤마다 구타를 당하는 게 당연했던 나날들.

'그때 그 녀석이 참 많이 도와줬었지.'

추이는 자신과 의형제를 맺었던 호예양의 모습을 떠올렸다.

화상으로 얼룩진 그의 얼굴과 몸, 불타 버린 목젖에서 나오던 쇳소리를.

……바로 그 순간.

"너희들!"

마구간과는 전혀 어울리지 않는 옥음(玉音)이 들려왔다.

우동원을 비롯한 마구간지기 소년들이 별안간 벼락이라도 맞은 듯 빳빳하게 굳었다.

"……"

추이는 목소리를 따라 고개를 돌렸다.

마구간 밖에 한 여인이 서 있는 것이 보였다.

호예양.

추이의 기억 속과는 전혀 다른, 입이 딱 벌어질 정도로 아름다운 모습으로 서 있는 그녀.

"왜 신참을 괴롭히니? 그러면 안 돼. 너희들끼리의 문화는 존중하지만, 그래도 처음 온 애한테는 배려가 필요한 법이야."

호예양의 꾸중에 우동원이 주저하며 말했다.

"그, 그게 아니구요, 아가씨. 이 친구가 자꾸 저한테 반말을 해서…… 제가 딱 봐도 나이가 더 많은데. 헤헤ー"

"아직 어린애잖아. 존칭이라는 예법에 익숙하지 않을 수 있으니 너희들이 많이 가르쳐 줘."

"에이, 어차피 잠깐 일하다가 나갈 뜨내기인데요."

"그래도. 옷깃만 스쳐도 인연이라잖아. 인연을 소중히 할 줄 알아야 해. 사람 일은 모르는 법이야. 언젠가 이역만리 먼

곳에서 다시 만나 가족이 될 수도 있는 거니까."

자신들과 나이 차이도 별로 나지 않는 호예양의 상냥한 질책에 마구간지기 소년들은 저마다 머리를 긁적인다.

'잠깐 머물다 갈 뜨내기랑 다시 만날 일이 뭐 있다고.'

'애초에 내가 이역만리 먼 곳으로 떠날 일 자체가 없는데.'

'설령 거기서 다시 만났다고 해도 가족처럼 생각될 리가 없잖아.'

다들 생각하는 것들이 눈에 빤히 보인다.

그러거나 말거나, 호예양은 추이를 향해 손짓했다.

"애, 이번에 들어온 애니?"

"……."

추이는 가만히 서서 호예양을 바라보았다.

기억 속의 얼굴, 기억 속의 목소리와는 전혀 다르지만……
그럼에도 불구하고 알 수 있었다.

눈빛이 똑같다.

맑고 올곧은 기운.

눈앞의 호예양은 추이가 알던 바로 그 호예양이 분명했다.

"앞으로 누가 너를 괴롭히면 바로 나에게 와."

말단 병사 시절, 선임들에게 따돌림을 당하던 자신을 늘 데리고 다니던 의형의 모습 그대로였다.

눈앞에 겹쳐 보이는 형제의 모습에, 추이는 입을 열었다.

"너도."

"……?"

돌아서려던 호예양이 멈칫했다.

호수처럼 커다란 눈이 추이의 모습을 담는다.

추이는 자신을 마주 보고 있는 호예양을 향해 말했다.

"앞으로 누가 너를 괴롭히면 바로 나에게 와라."

마구간지기 소년들의 두 눈이 튀어나올 정도로 커졌다.

'저 미친 새끼가 감히 주제도 모르고!?'라고 쓰여 있는 표정이었다.

하지만 정작 호예양은 큰 눈을 껌뻑거릴 뿐 별다른 말을 하지 않았다.

그리고 이내.

그녀의 눈매가 부드러운 호선을 그리며 휘어졌다.

"응. 그래. 그럴게."

씩씩한 웃음과 함께, 호예양은 마구간을 떠났다.

※

달도 뜨지 않은 밤.

추이는 조용히 호정문의 담벼락을 넘었다.

으슥한 장소의 수풀 아래 숨겨 두었던 무기들을 꺼낸 추이는 곧장 조가장이 위치한 곳으로 향했다.

묵빛의 창 한 자루.

그리고 송곳 두 자루와 망치, 철질려, 독 항아리, 그 외 각
종 물건들.

핏—

추이는 눈 깜짝할 사이에 조가장의 담벼락을 넘었다.

경계가 제법 삼엄하다.

흑도방이 몰살당했다는 소식 때문인지 보초들에게 유독
기합이 바짝 들어가 있었다.

추이는 조용히 송곳을 빼 들었다.

그리고 담장 아래의 풀숲을 통과해 보초의 그림자를 밟았
다.

"누구냐?"

인기척을 느낀 보초가 고개를 돌리는 순간.

푸—슉!

추이가 뽑아 든 송곳이 보초의 관자놀이에 박혔다.

그것은 길지도, 짧지도 않게 딱 사람의 두개골을 뚫고 뇌
만 살짝 건드린 뒤 부드럽게 뽑혀 나왔다.

꼴꼴꼴꼴……

태양혈에 뚫린 작은 구멍으로 피와 뇌수가 뿜어져 나온다.

추이는 시체를 수풀 속으로 끌고 들어갔고 조가장의 무복
을 벗겨 입었다.

이윽고, 안쪽의 정원으로 통하는 산책로가 나타났다.

시비 몇 명이 등불을 들고 이동하고 있었다.

추이는 태연한 표정으로 그 옆을 지나쳤다.

나무 기둥 뒤로 또 한 명의 조가장 무인이 보인다.

그는 키가 아주 커서 머리가 추이의 손이 잘 닿지 않는 높이에 위치해 있었다.

추이는 손가락을 튕겨 철질려 하나를 쏘아 보냈다.

푹—

바닥에 떨어진 철질려를 밟은 무인이 아얏— 소리를 내면서 허리를 굽힌다.

그가 발바닥을 찌른 것이 무엇인지 확인하려고 고개를 숙이는 순간.

부웅—

추이는 자루가 가늘고 끝이 두툼한 쇠망치를 꺼내 무인의 뒤통수를 후려쳤다.

콰삭!

그는 비명 한 번 질러 보지 못하고 즉사해 버렸다.

질질질질…….

건물 뒤의 그림자에 시체를 숨긴 추이는 그대로 지붕 위로 뛰어올랐다.

'보자. 지도에 따르면 장주의 침실은…….'

저 멀리 불이 켜져 있는 건물 하나가 보인다.

방향은 남서쪽, 오 층 높이의 누각이었다.

그 앞에는 몇 명인가의 보초가 서 있었다.

그중 하나가 주위를 두리번거리는가 싶더니 이내 주머니에서 무언가를 꺼내 먹기 시작했다.

주먹밥.

아마 몰래 야식을 먹는 모양이다.

추이는 건너편 건물의 지붕으로 잠사 한 가닥을 던졌다.

차라락—

철질려에 묶인 잠사가 건너편 지붕에 단단히 묶이자, 추이는 품속에서 독이 담긴 항아리를 꺼내 들었다.

찰랑—

검은 독액 한 방울이 잠사를 타고 흘러내린다.

그것은 어느덧 길게 연결된 잠사의 중앙부까지 흘러내렸고.

…또옥!

이내 잠사 아래로 떨어져 내렸다.

그 밑에는 보초가 먹고 있던 주먹밥이 있었다.

스르륵—

독액은 주먹밥에 떨어지자마자 하얀 밥알 사이사이로 곧장 스며들었다.

색깔이 검기는 했지만 어둠 속이라서 특별히 눈에 띄지는 않았다.

"커헉!?"

주먹밥을 먹던 보초가 목을 잡고는 기침을 한다.

그러고는 이내 픽 쓰러져 버렸다.

그러자 멀리서 순찰을 돌고 있던 무사들이 뛰어왔다.

"뭐냐? 무슨 일이야!"

"도, 독!? 독이다! 독살이야!"

"주방으로 가자! 시비들부터 붙잡아라!"

"장원의 문을 닫아! 아무도 나가지 못하게 해!"

내부에서 혼란이 일어났다.

조가장의 무사들은 애꿎은 주방 시비들을 단속하러 우르르 흩어져 버렸다.

그것을 보고 있던 추이가 몸을 일으켰다.

"장난은 이쯤 해도 되겠군."

그는 지붕에서 지붕으로 도약했다.

펄쩍- 푹!

껑충 뛰어오름과 동시에 창을 뻗어 벽에 박는다.

추이는 순식간에 사 층 높이에 도달했다.

…펑!

창문을 부수고 안으로 들어가자 그곳에는 세 명의 무사들이 있었다.

"웨, 웬놈……!?"

"습……!"

"살수……!"

셋 다 입을 벌렸지만 목소리는 내지 못했다.

추이가 번개 같은 속도로 창을 놀렸기 때문이다.

…퍼퍼펔!

세 무사의 목젖에 일자의 흉터가 남았고 뒷목에는 아무런 흔적도 남지 않았다.

살갗을 자르고 들어간 창날이 관통 직전, 딱 멱만 끊어 놓고 빠진 자국이다.

추이는 창을 물렸다.

회수할 때 시간이 지체되면 안 되니 굳이 관통까지 할 필요는 없다.

딱 죽일 수 있는 깊이로만 찌르면, 그뿐이다.

피로 물든 바닥을 지나자 계단 쪽에서 인기척이 들린다.

"누구냐?"

오 층의 보초가 추이를 보고 인상을 찌푸린다.

"사 층 담당이냐? 왜 여기까지 올라왔지?"

"……."

"가만. 못 보던 얼굴인데? 누구냐 너는? 왜 검이 아니라 창을 들고 있……?"

추이는 소녀처럼 곱상한 얼굴에 피 한 방울 묻지 않은 조 가장의 무복을 걸치고 있었다.

그래서 보초는 추이를 보고 습격자라는 판단을 바로 내리지 못했던 것 같다.

……그것이 그대로 그의 사인(死因)이 되었다.

퍼—엉!

계단을 박찬 추이는 그대로 창을 내질렀다.

창귀칭의 시뻘건 기운이 검은 창에 휘감겨 일직선의 검붉은 궤적을 그려 놓았다.

콰직!

보초의 심장이 그대로 꿰뚫려 벽에 박제되었다.

추이는 그 기세 그대로 보초의 몸을 날려 버리고는 오 층으로 뛰어 올라갔다.

"뭐냐?"

"헉! 습격이다!"

"암살자가 왔다!"

오 층의 보초 세 명은 추이의 등장에 즉각 반응했다.

하지만 추이의 반응 속도가 더욱 빨랐다.

추이는 건물 내부의 지형을 모두 외우고 있었기에, 맨 처음 마주한 가벽을 그대로 발로 차 부숴 버렸다.

그 안에 있던 다른 보초 두 명이 암습을 준비하고 있다가 화들짝 놀란다.

전시 상황에서 찰나의 머뭇거림은 곧 죽음.

쩍— 써걱!

추이는 창을 두 번 놀려 두 개의 머리통을 몸에서 분리해 내 허공으로 날려 버렸다.

복도에 있던 보초 셋 중 둘이 칼을 뽑아 들고 달려들었지만.

"으악! 바닥에……!"

"아악! 내 발!"

못으로 만들어진 철질려들을 밟고 맥없이 고꾸라지고 말 았다.

푹- 뿌욱!

추이는 쓰러진 보초 두 명의 등팍에 창을 꽂아 넣었다.

마지막 한 명은 벽을 박차며 뛰어올라 칼을 휘둘렀으나.

뻐-억!

추이가 던진 망치에 이마를 얻어맞고는 허공에서 뇌를 쏟아 내며 절명해 버렸다.

후두둑- 후두둑- 후두둑-

건물 안에서 피의 소나기가 내린다.

추이는 바닥에 깔린 철질려들과 살점 조각들을 발로 밀어 치웠다.

그때.

"소란스럽구나."

안쪽에서 나지막한 목소리가 들려왔다.

추이는 발걸음을 멈췄다.

강대한 내력이 담긴 목소리가 벽 너머의 공간에서 웅웅 울려 퍼지고 있었다.

흑도방에서 상대했던 구양포 따위와는 비교조차 되지 않

는 기세.

"아무리 불청객이라도 최소한의 양심이라는 것이 있어야지. 이 시간에 웬 소동이냐?"

이윽고, 복도로 한 명의 노인이 걸어 나왔다.

흰 백발, 풍성한 눈썹, 장신의 키, 검은 낯빛에 부리부리한 안광.

다른 검의 두 배는 될 법한 길이의 장검을 허리에 찬 검호(劍豪)가 추이를 마주했다.

추이가 고개를 까닥 기울이며 물었다.

"조양자(趙襄子). 맞지?"

"말이 짧은 아해로구나."

조가장의 가주 조양자.

호예양의 인생을 나락으로 떨어트린 원흉이었다.

사위지기자사(士爲知己者死)

스스스스스스……

댓잎들이 바람에 스친다.

피를 머금은 듯 붉은 혈죽(血竹)들 위로 까마귀들이 우수수 날아올랐다.

"어디서 왔느냐?"

느른한 어조로 이야기하는 노인.

하지만 그는 일반적인 늙은이가 아니었다.

꼬장꼬장하고 **뻣뻣한** 기세.

그리고 그 밑바탕에 깔려 있는 짙은 혈향.

마치 피를 먹고 붉게 자라난 대나무처럼, 조양자의 기세는 이질적이다.

음습함과 대쪽 같음이 한데 공존할 수도 있다는 생각을 하며, 추이는 앞으로 일 보를 내디뎠다.

그것을 보며 조양자는 신기하다는 듯 수염을 쓸었다.

"보아하니 정도를 걷는 놈은 아니고. 나락곡(奈落谷)? 패도회(佩刀會)? 아니면 흑사(黑砂)의 건너편인가?"

그 질문에 추이는 짧게 대답했다.

"호정문."

"?"

조양자의 눈에서 처음으로 이채가 발했다.

"호정문주가 키운 아이더냐? 믿을 수가 없는데. 개가 범을 키울 수는 없는 법이거늘."

"……."

"호정문과 무슨 관계지?"

이어지는 조양자의 질문에 추이는 한 번 더 짧게 대답했다.

"쟁자수."

"??"

"혹은 마구간지기."

"???"

추이가 장난을 친다고 생각했는지, 조양자는 고개를 저었다.

"하긴. 어디 소속인지가 무에 중요하겠느냐. 칼밥을 먹으러 온 객이니 칼밥을 먹여 보내는 것이 인지상정일 뿐."

조양자가 기세를 끌어올리기 시작했다.

추이 역시도 손에 든 창을 앞으로 뻗었다.

스릉—

이윽고, 조양자의 허리춤에서 긴 장검이 뽑혀 나왔다.

푸르스름한 검기가 검신을 타고 흐르는가 싶더니 이내 맹
렬하게 회전하기 시작했다.

추이는 생각했다.

'살아 있는 조양자를 보게 되니 감회가 새롭군.'

회귀하기 전, 전생의 조양자는 천수를 누리고 늙어 죽었
다.

그가 늙어 죽었기에 조가장의 추격자들은 호예양을 더 쫓
지 않고 발걸음을 돌렸고, 그 때문에 호예양은 목숨을 건져
군으로 도피할 수 있었던 것이다.

호예양은 그 이후로 평생을 괴로워했다.

자기 손으로 직접 조양자를 죽이지 못했다는 사실 때문이
었다.

그리고 지금, 추이는 살아 있는 조양자의 앞에 서 있다.

지난 생의 호예양이 죽기 직전까지도 염원하던 자리였다.

꽈악—

추이가 쥔 묵창이 파르르 떨리고 있었다.

이윽고.

까-앙!

조양자의 칼이 추이의 창과 부딪쳤다.

냉랭한 병기 둘이 맞닿자 그 자리에서부터 서서히 열꽃이
피어오른다.

병장기를 매개로 전달된 양측의 내력이 사납게 뒤엉키며
쇠를 뜨겁게 달구기 시작했다.

"……!"

먼저 물러난 쪽은 조양자였다.

그는 날 끝이 시뻘겋게 변한 자신의 장검을 보며 눈살을
찌푸렸다.

"무슨 사술이냐 이놈?"

"왜?"

"어찌하여 네놈의 내력에서 우리 조가장의 것이 느껴지는
게야?"

조양자의 의문대로였다.

현재 추이는 조가장의 독문심법으로 모은 내공을 사용하
고 있었다.

엄밀히 말하면, 이 내공은 추이의 것이 아니라 창귀가 되
어 추이에게 굴복한 조가장의 무인들의 것이기는 하지만 말
이다.

츠츠츠츠츠츠……

추이의 전신에서 검붉은 마기가 아지랑이처럼 피어오른

다.

흑도방과 조가장의 무인들이 창귀가 되어 추이에게 자신의 내공을 전달해 주고 있었다.

굴각(屈閣)의 아홉 층계를 내디딘 추이의 공력은 이제 일류에서 절정 사이에 서 있는 조양자와도 필적할 만한 깊이가 되었다.

…쾅!

조양자가 발을 굴렀다.

바닥이 움푹 꺼지며 주변의 벽이 쩍쩍 갈라진다.

조양자의 칼이 앞으로 날아들며 초승달 모양의 궤적이 생겨났고 그것은 허공을 날아서 추이를 향해 떨어져 내렸다.

쩌—어어억!

참격은 채찍처럼 휘어지며 복도를 두 조각으로 갈라 놓았다.

추이는 그것을 피해 옆으로 움직이며 창을 앞으로 세 번 내질렀다.

펑! 퍼펑! 쩡—

첫 번째와 두 번째 찌르기에 조양자의 옷깃과 도포 자락에 구멍이 뚫렸고, 세 번째 찌르기는 장검에 의해 가로막혔다.

…까가가가각!

조양자는 추이의 창을 비껴 쳐냈고 그 과정에서 생겨난 무수히 많은 불똥들을 추이의 눈을 향해 튕겨 보냈다.

과연 수많은 전투를 치러 본 노강호다운 순간 판단력이었
다.

하지만.

"……!"

조양자는 순간 헛바람을 집어삼켰다.

추이는 부릅뜬 눈을 감지 않았다.

눈을 시퍼렇게 뜬 채로 불똥들을 모조리 받아 내며 그대로
밀고 들어왔다.

병기와 병기가 맞부딪치며 순간적으로 튄 불똥들이 눈으
로 떨어진다면 제아무리 고수라도 눈을 감는 것이 당연하다.

하지만 추이는 불똥이 눈알에 맞고 튕겨 나가는 것도 아랑
곳하지 않은 채 밀고 들어와 조양자의 턱을 향해 창을 찔러
넣었다.

썩둑-

조양자의 흰 수염이 뭉텅이로 잘려 나가며 목젖에 붉은 점
이 생겼다.

주르르륵-

목젖에서 피가 흘러 내려와 옷깃을 시뻘겋게 물들이고 있
었다.

하지만 그럼에도 불구하고 조양자의 표정은 평온했다.

"허허- 이거 참. 까딱했으면 숨구멍이 셋 될 뻔했군."

"……"

추이는 인상을 썼다.

옆구리가 뜨겁다.

목을 노리고 깊이 들어갔지만 공격이 얕았다.

깊이 들어갔던 만큼, 빠져나올 때 오래 걸렸고 그 탓에 옆구리를 내주고 말았다.

[조양…… 자……]

[칼…… 너무 길어……]

[공격…… 범위…… 넓다……]

승기를 잡기가 쉽지 않다.

조가장 출신의 창귀들이 조양자의 검법과 습관들에 대해 속속들이 알려 주고 있어서 그나마 밀리지 않을 수 있는 것이다.

…확!

추이는 소매 속에 넣어 두었던 송곳들을 날렸다.

"허? 잡기에도 능한가."

조양자는 날아드는 송곳들을 피해 고개를 옆으로 젖혔다.

그러자 그의 관자놀이 위로 망치가 떨어져 내린다.

"근성도 있고."

조양자는 망치를 피하며 추이의 허리춤으로 칼을 찔러 넣었다.

추이는 인상을 쓰며 그것을 피했다.

부욱—

찢어진 무복 사이로 회색 곰 가죽이 드러난다.

추이의 옆구리가 어느새 붉게 물들어 있었다.

조양자는 그것을 보며 웃었다.

"대체 어떤 기인이 너를 길러 냈는지 궁금하구나. 아해야, 지금이라도 창을 내려놓거라. 내 너를 중히 쓰마."

하지만 말과는 다르게, 조양자는 바로 다음 초식을 준비한다.

창궁무애검법.

남궁세가의 먼 친척뻘 되는 가문답게, 조양자는 정석적이고 올곧은 검법을 펼친다.

아래에서 위로, 위에서 좌우를 번갈아 쓸어 가는 참격의 폭풍우가 집요하게 추이의 옆구리를 노리고 있었다.

…깡! 까앙! 쩡!

조양자의 칼에 힘이 실리면 실릴수록 추이의 창이 뒤로 밀려난다.

추이는 어느새 창날 바로 아래를 손으로 잡고 있는 모양새가 되었다.

하지만 추이는 창날을 멀리 두게끔 창을 고쳐 쥘 새가 없었다.

조양자가 허공을 난도질하듯이 칼을 휘두르며 앞으로 돌진하고 있었다.

어느덧, 추이는 창날 바로 아래를 손으로 쥔 채 벽에 바짝 붙게 되었다.

그 앞으로 조양자가 긴 칼을 가로로 뉘고 있었다.

"끝이다."

"……."

추이는 더 이상 칼을 막아 낼 수 없는 위치까지 몰려 버렸다.

창의 길이는 너무 짧아졌고 뒤로 튀어나온 창대 부분이 벽에 걸려서 제대로 움직일 수도 없는 상황.

그런 상황 속에서.

"잘 가거라."

조양자가 추이의 옆구리를 향해 칼을 찔러 넣었다.

푸-욱!

긴 칼날이 추이의 몸을 파고든다.

"……."

추이는 입을 다물었다.

입술에서 새빨간 피가 흘러내려 턱 밑으로 뚝뚝 떨어졌지만 비명 소리는 튀어나오지 않았다.

"비명도 안 질러? 기특하구나."

조양자가 추이의 옆구리에 칼을 더욱 깊숙하게 박아 넣었다.

"내 아들과는 정말 천지 차이야. 태범이, 그 녀석은 검에 손가락만 베여도 하루 종일 드러누워 버리거든."

쓸쓸함이 묻어나는 조양자의 목소리.

그는 추이의 얼굴을 들여다보며 혀를 끌끌 찼다.

"그래서 좀 씩씩하고 당찬 며느리를 보고 싶었지. 하여 호정문에 혼담을 넣었던 것이고. 내가 앞으로 얼마나 더 살지는 몰라도, 말년에 손주라도 잘 봐야 하지 않겠누?"

바로 그때.

…덥썩!

추이가 옆구리에 꽂힌 칼날을 손으로 움켜잡았다.

"네가 앞으로 얼마나 더 살지를 몰라?"

"……!"

추이의 말에 조양자의 표정이 변했다.

쫘악……

추이의 옆구리에 꽂아 넣은 칼날이 빠지지를 않는다.

"이 무슨……!?"

조양자는 상황을 이해하지 못했다.

그는 칼을 마구 비틀었지만 날은 꼼짝도 하지 않았다.

사람 몸에 들어간 칼날이 대체 왜 안 빠진단 말인가?

아무리 대단한 악력이라고 해도 칼날을 이렇게 꽉 쥐어 고정시킬 수는 없는 일이다.

쫘드득―

추이가 몸을 옆으로 슬쩍 틀었다.

그러자 칼날은 더더욱 단단하게 고정되어 아예 비틀리지

도 않게 되었다.

그제야 조양자는 자신의 칼이 지금 무엇에 잡혀 있는지 깨달았다.

늑골(肋骨).

추이의 갈비뼈 사이를 관통한 칼은 지금 뼈와 뼈 사이에 걸려 오도 가도 못하고 있는 것이다.

'……설마 이걸 일부러?'

조양자의 표정이 변했다.

추이는 일부러 다친 옆구리를 내보여 칼이 그쪽으로 들어오게끔 유도했다.

그리고 칼이 자신의 몸을 꿰뚫었을 때, 몸을 비틀어 늑골 두 대로 칼날을 붙잡아 빠져나가지 못하게 한 것이다.

꽈아아악―

칼날을 붙잡고 있는 추이의 왼손에서 피가 줄줄 흘러나온다.

하지만 추이는 조금의 표정 변화도 없이 고개를 숙였다.

그리고 눈앞에 있는 조양자를 향해 속삭였다.

"모르면 내가 알려 주지. 네가 앞으로 얼마나 살지."

새빨갛게 물든 추이의 눈동자가 조양자의 얼굴을 들여다본다.

이윽고, 피로 물든 추이의 입술이 움직였다.

"조양자야."

그 부름을 듣는 순간, 조양자의 전신에 오싹 소름이 돋아
났다.

왜인지는 모르겠지만 도망가야 한다는 생각이 든다.

오직 그 생각만이 머릿속에 웅웅 메아리치고 있었다.

"조양자야."

두 번째 부름을 듣는 순간, 전신의 털이 바늘처럼 꼿꼿하
게 일어섰다.

조양자는 얼굴 전체를 뒤덮는 식은땀에 표정을 일그러트
렸다.

이윽고, 세 번째 부름이 들려왔다.

"조양자야."

그 순간, 조양자는 보았다.

추이의 등 뒤에 있는 수많은 얼굴을.

자신을 향해 피눈물을 흘리며 절규하는 수많은 이들의 단
말마를.

[너도 이리 와!]

[나 혼자는 못 가!]

[꺼드럭대는 것도 이젠 끝이다!]

[너도 우리와 똑같은 신세가 되는 거야!]

[이—히히히히히히히히히히히히히히히히히히!]

정신이 아득해지는 그 광경을 눈앞에 두고, 조양자는 손에
들어가고 있던 힘을 순간 풀어 버렸다.

바로 그 찰나의 틈을 추이는 놓치지 않았다.

푸-욱!

짧게 쥔 창이 조양자의 복부에 꽂혔다.

"컥!?"

조양자의 작은 눈이 찢어질 듯 커진다.

추이는 조양자의 배 속으로 들어간 창날을 위로 번쩍 치켜올렸고 이내 사납게 휘저었다.

창날은 조양자의 배를 관통하지는 못했지만 그 대신 배 속에 든 모든 내장들을 갈가리 찢어 버렸다.

웨-엑!

조양자가 입에서 피를 토한다.

내장 조각들이 잔뜩 섞여 있는 핏물이었다.

"어, 어떻게…… 어떻게…… 했……?"

조양자는 믿을 수 없다는 듯한 표정으로 추이를 내려다보았다.

추이는 어깨를 으쓱했다.

조양자는 사람 대 사람의 전투를 많이 치러 본 노장이었으나 그것은 어디까지나 틀과 형식을 갖춘 비무 혹은 대련이었을 뿐.

하지만 추이가 살았던 곳은 전장이다.

눈먼 칼과 창, 화살들이 범람하는 그곳에서는 인간이 겪을 수 있는 모든 끔찍한 참상들이 비일비재했다.

말단 병사의 생사결(生死決).

목숨을 도외시한 채 버둥거리는 악다구니.

추이에게 있어서는 새삼 새로울 것도 없는 것들이었다.

…땅그랑!

창과 칼이 동시에 바닥에 떨어졌다.

서 있는 자는 추이였고, 쓰러진 자는 조양자였다.

조양자는 바닥에 누워 추이를 올려다보았다.

추이는 허리를 펴고 곧게 서서 조양자를 내려다보았다.

곧 죽을 자가 산 자에게 말했다.

"나만…… 죽이고…… 아들은…… 살려 다오……."

산 자는 죽은 자에게 대답했다.

"안 돼."

되도 않는 감성에 취해 자비를 베풀 거였으면 여기까지 오지도 않았다.

아니, 애초에 이 자리에 서 있지도 못했을 것이다.

추이는 바닥에 떨어트렸던 망치를 집어 들고 조양자의 얼굴을 내리찍었다.

…우직! …우직! 따악!

두 번의 확인사살, 세 번째의 망치질은 거의 바닥만 때렸다.

추이는 망치를 물리고는 얼굴에 튄 피를 옷소매로 스윽 닦았다.

"못 보고 갔군. 손주."

이윽고, 추이는 조양자의 시체를 지나 안쪽으로 향했다.

텅 비어 있는 내실.

언뜻 보기에는 아무것도 없어 보인다.

하지만.

[우—우우우……]

[도련…… 니임……]

[저쪽…… 저쪼옥……]

[이쪼옥…… 이쪼오오옥……]

[저기…… 아래애애…… 항아리……]

조가장의 창귀들이 피눈물을 흘리며 한 방향으로 손가락질을 한다.

추이는 귀신들이 가리키는 방향을 향해 걸었다.

<u>ㅊㅊㅊㅊㅊㅊ</u>……

옆구리의 관통상쯤은 금방 회복된다.

창귀 몇 마리를 비틀어 내력을 짜내면 그만이었다.

이윽고, 추이는 내실 안쪽에 있는 탁자 앞에 섰다.

두 개의 찻잔.

아직 식지 않은 찻물.

그 옆에는 커다란 항아리가 놓여 있었다.

…깽창!

추이는 항아리 밑바닥을 발로 걷어차 부쉈다.

그러자 안에서 반응이 있었다.

"흐악!?"

조태범. 눈물범벅이 된 그가 바닥에 웅크리고 앉아 덜덜 떨고 있는 것이 보인다.

그 모습을 본 추이는 미간을 찡그렸다.

'……이런 녀석이 호예양, 그 녀석을 넘봤던 건가.'

아비의 복수를 위해 숯불로 얼굴과 몸을 지지고, 그 숯을 삼켜 목소리까지 바꿨던 호예양.

아비가 눈앞에서 죽었는데도 그 원수를 피해 항아리 속에 숨어 덜덜 떠는 조태범.

분수를 모르는 자 하나가 욕심을 부려 수많은 사람들의 눈에서 피눈물을 뽑았다.

이런 하찮은 놈 하나 때문에 호예양은 성별도, 외모도 버린 채 추한 외모의 복수귀가 되어 변방 오랑캐들과의 전장에서 목숨을 잃어야만 했다.

터억—

추이는 조태범의 머리카락을 잡아챘다.

그리고 물었다.

"아직도 목에 힘이 들어가나?"

"ㅇㅇㅇㅇ……."

"부모 잘 만나서 돈푼깨나 있고, 힘깨나 쓰니까, 네가 세상의 주인공 같았어?"

추이의 눈이 시뻘겋게 타오르는 것을 본 조태범의 가랑이가 누렇게 젖어들어 간다.

"좋다. 내가 너를 이 세상의 중심으로 만들어 주마."

이윽고, 송곳과 망치를 든 추이의 목에서 숯불같이 뜨거운 목소리가 흘러나온다.

"오늘 밤 주인공은 너야."

공교롭게도 오늘은 동짓달 초하루, 일 년 중 밤이 가장 긴 날이었다.

*

동짓달 기나긴 밤을 한 허리를 버혀내여
春風 **니불 아레 서리서리 너헛다가**
어론 님 오신 날 밤이여든 구뷔구뷔 펴리라

깊어 가는 밤. 위태롭게 흔들리는 촛불.
여기 소녀와 여인의 기로에 서 있는 한 사람이 있다.
밤하늘의 한 허리와 같은 머리카락과 별빛 같은 눈빛.
호예양.
그녀는 화선지에서 붓을 떼고 작은 한숨을 내쉬었다.
"혼담이라……."
호예양은 지금 조가장에서 들어온 혼담에 대해 진지하게

고민하고 있었다.

호정문의 자금 사정은 너무나도 열악했다.

몇몇 표행에서 큰 사고를 겪고, 표사들과 쟁자수들을 잃었다.

표물에 대한 위약금을 물어 주고 사상자들에게 위로금을 지급하고 나니 매년 적자를 면할 수 없었다.

혼탁한 세상 속에서 혼자만 제정신을 지키기는 어려운 법이다.

그저 사람을 사람으로 대하고, 도리를 도리처럼 여기고자 했을 뿐이지만…… 가세는 점점 기울어만 갔다.

그러던 상황에서 조가장이 제시한 혼담.

그리고 막대한 혼인 지참금.

빈자들에게는 매매혼(賣買婚)이 흔한 일이라지만 부자들 역시도 똑같다.

정략혼(政略婚).

단지 부르는 명칭만 다를 뿐이다.

"어쩔 수 없는 일일지도 모르겠구나."

호예양은 또 한번 한숨을 내쉬었다.

가문의 재기와 부흥을 위하여, 그녀는 자신의 한 몸 바칠 각오를 다졌다.

바로 그때.

덜컥-!

그녀의 방문이 급하게 열렸다.

호연암. 그녀의 아비가 당황한 표정으로 들어왔다.

그 옆에는 어미인 사지원도 함께 서 있었다.

"희(姬)야."

"아버님?"

호예양은 놀라서 붓을 놓았다.

부모님이 연락도 없이 직접 방문을 열고 찾아온 것은 처음이다.

그것도 이 야심한 시각에 말이다.

'하지만 잘됐어. 이참에 내 결심을 말씀드려야지.'

호예양은 애써 담담함을 고수했다.

그리고 이내 떨리는 목소리로 입을 열었다.

"아버님, 저번에 일축하셨던 조가장과의 혼담에 대하여……."

하지만 그녀의 말은 끝까지 이어지지 못했다.

호연암이 먼저 입을 열었기 때문이다.

"들었느냐? 조가장이 멸문되었단다."

"……예?"

고래현과 내송현 곳곳에 방(榜)이 나붙었다.

내용은 간단했다.

一. 정도(定道)가 흑도(黑道)와 손잡고 부당 이득을 취했다.
二. 그로 인해 피해를 본 사람들을 대신해 벌을 내린다.

조가장이 흑도방에 은밀하게 의뢰를 맡겨 수많은 부당 이
득을 취했다.

지금껏 흑도방이 원흉인 줄로만 알았던 사람들은 조가장
의 겉과 속이 달랐던 행태에 분노했다.

그러나 그들은 조가장에게 복수를 할 수 없었다.

왜냐하면 조가장은 지난밤 새 모두 불에 타 버렸기 때문이
다.

불타 버린 장원의 중앙에는 조양자와 구양포의 시체가 놓
여 있었다.

그들이 오래 전부터 결탁해 왔음을 뜻하는 장부들이 관아
의 담장을 넘어 날아들었다.

흑도방도, 조가장도, 무공을 익힌 이들은 모두 죽었다.

살아남은 이들은 오직 무공을 모르는 고용인들뿐이었다.

현의 사람들은 둘 이상 모이면 무조건 간밤의 혈사(血事)에
대해 떠들었다.

"무슨 일이 벌어졌던 거여?"

"흑도방과 조가장이 뭔 은거 고수의 심기를 거슬렀다던

데?"

"단신으로 쳐들어와서 모조리 죽였다더군."

"그것들이 확실히 요즘 도를 넘긴 했지. 세상에 호정문까지 건드릴 줄이야."

"암, 호정문이 어떤 문파인데? 세상 다 썩었어도 거기만큼은 깨끗하다고. 허 참, 건드릴 곳을 건드려야지."

"그나저나, 누가 이런 짓을 했을까? 흑도방의 구양포는 몰라도 조가장의 조양자는 호락호락한 인물이 아닌데."

"무림맹(武林盟)에서 단죄를 위해 고수를 파견한 게 틀림없어."

"멍청아, 무림맹이 이렇게 잔혹하게 굴겠냐? 사도련(私道聯)에서 흑도방을 꼬리자르기 한 것이겠지!"

원래도 시끄러웠던 저잣거리가 더더욱 시끄러워졌다.

관심은 이제 흑도방과 조가장을 멸문시킨 존재를 향해 옮겨 가고 있었다.

"조가장에서 살아남은 시비 하나가 들었다더군. 협객이 조양자를 죽이기 전에 그의 이름을 세 번 불렀다고."

"무슨 저승차사도 아니고, 이름을 왜 불러?"

"그런데 그렇게 이름을 세 번 부르니까 조양자가 겁에 질려서 막 울었다던데?"

"거 무섭구만…… 이름을 세 번 부르고 황천으로 데려간다는 거 아냐."

원래 호사가들은 부풀리는 것을 좋아하는 법이다.

소문 속의 고수는 조양자의 이름을 세 번 부르고 그 짧은 시간 동안 그를 황천으로 보내 버린 절대고수가 되어 있었다.

삼칭황천(三稱黃泉).

그것이 정체불명의 고수를 지칭하는 별호였다.

말 한 필이 산책로를 걸어간다.

호예양은 말고삐를 잡은 채 생각에 잠겨 있었다.

'흑도방과 조가장의 멸문이라……'

그녀는 마음속이 복잡했다.

다른 사람의 불행이 자신의 기쁨이 된다는 것은 죄책감을 느끼게 만든다.

그것이 집단과 집단이 되면 죄책감은 옅어진다.

호예양은 내쉬려던 한숨을 그대로 삼켰다.

'그래. 좋게 생각하자.'

흑도방이 불에 타면서 호정문의 채권들도 모두 사라졌다.

이제 와서는 갚고 싶어도 갚을 사람이 없어서 갚을 수가 없게 된 것이다.

그리고 흑도방을 통해서 호질표국을 습격하던 조가장도 사라져 버렸다.

이제 호정문은 곧 자금난에서 벗어날 수 있을 것이다.

'그나저나, 누굴까? 그 고수가.'

호예양은 곰곰이 생각했다.

무림에서는 종종 비슷한 류의 이야기가 들려온다.

위세를 자랑하던 한 거대 집단이 혈혈단신의 개인을 우습게 보고 시비를 걸었다가 잡초 한 포기 빠짐없이 몰살당하는 류의 괴담들.

이야기 속에서는 무성하게 등장하는 소재이지만 현실에서는 그다지 일어나지 않는 일이다.

……하지만 그것이 실제로 현실에서 벌어졌다.

"삼칭황천이라."

소문은 부풀려지기 마련이다.

하지만 정말로 흑도방과 조가장을 하루 건너 멸망시킨 이가 개인 한 사람이라면, 그는 사람일까? 귀신일까?

바스락—

호예양은 말 위에 탄 채로 편지 하나를 꺼내 들었다.

몇 주야 전에 전서구를 통해 도달했던 주예화 표두의 편지였다.

편지의 내용은 꽤나 길었다.

이번 표행에서 어떤 일이 있었고 앞으로의 계획이 어떤지에 대해 알리는 서찰.

하지만 호예양이 주목한 것은 그 서찰의 말미였다.

……하여, 녹림도들의 습격에서 무사히 표물을 지켜 냈고 이 대로 표행을 재개할 계획입니다.

한 협객의 도움 덕분에 많은 표사들의 목숨을 살릴 수 있었습니다.

저는 그 협객에게 제 금패를 주어 호정문으로 가게끔 했으니, 부디 그분을 잘 예우하여 주셨으면 합니다.

주예화 표두는 표행 도중 녹림도의 습격을 받았고, 한 협객의 도움으로 그들을 물리쳤으며, 그 덕분에 표행을 성공적으로 재개할 수 있었다고 서찰에 적어 놓았다.

'하지만 주예화 표두의 금패를 소지한 객은 없었는데.'

호연암은 이 편지를 받고 나서 호정문에 방문했던 식객들을 모두 수소문했지만 그런 사람은 없었다.

문득, 호예양은 생각했다.

'어쩌면 흑도방과 조가장을 멸문시킨 삼칭황천이라는 고수가 주예화 표두가 말했던 협객이 아닐까?'

그녀는 약간 시무룩한 표정이 되었다.

'우리 무관으로는 안 오셨나 보구나.'

무섭기도 하고, 궁금하기도 하다.

대체 어떤 존재이기에 호정문에 이렇게 이로운 행보만을 걷고 있을까?

물론 우연이기는 하겠지만, 정말로 딱 우연이라고만 치부

하기에는 참 기묘하다 싶었다.

그때.

"……아!"

호예양은 퍼뜩 고개를 들었다.

편지를 읽으며 생각에 집중하느라 말이 가는 방향에 신경을 못 썼다.

어디 이상한 곳으로 와 있는 것은 아닌가 싶어 호예양은 황급히 주변을 둘러보았다.

그 순간.

"……아."

아까와는 다른 탄성이 그녀의 입에서 새어 나왔다.

말은 유계호(裕溪湖) 근처의 신작로를 거닐고 있었다.

호숫가에서 흔들리는 버들잎들이 사락사락 몸을 흔든다.

금빛으로 빛나는 물결이 반짝일 때마다 오리들이 수면 아래로 자맥질을 했다.

"……."

호예양은 고개를 돌렸다.

말 앞에서 고삐를 쥐고 묵묵히 걷는 소년.

추이의 뒷모습이 호예양의 크고 맑은 눈에 가득 담긴다.

호예양은 추이의 어깨를 탁 치며 말했다.

"내가 호수 좋아하는 줄 어떻게 알고 여기로 왔니. 말도 안 했는데."

"말했다."

"응?"

호예양이 눈을 동그랗게 떴다.

그녀는 자기가 추이에게 호수를 좋아한다고 말했던 적이 있었나 싶어 잠시 생각에 빠졌다.

한편, 추이는 옛날 일을 떠올리고 있었다.

'……기분이 나쁘거나 생각할 게 많은 날에는 늘 호숫가에 앉아 있곤 했지.'

전생에서 만났던 호예양은 호숫가를 참 좋아했다.

상관에게 무리한 임무를 받거나, 그래서 동료들을 많이 잃은 날이면 늘 호숫가에 서서 버들잎을 바라보곤 했다.

그는 호숫가의 비린 물 냄새를 싫어하지 않았고 진흙뻘 위의 억새들과 그 위를 날아가는 철새 무리를 마음에 들어했다.

그때, 호예양이 말했다.

"그런데 너, 말을 정말 잘 다루는구나?"

"……."

추이가 말이 없자 호예양은 신기하다는 듯 말을 이었다.

"이 말은 사실 성질이 좀 고약하다. 그래서 다른 마구간지기 아이들은 좀 꺼리거든. 근데 얘가 네 말은 참 잘 듣는구나."

호예양은 자신이 탄 말을 내려다보았다.

이 녀석은 아까부터 추이의 눈치를 보며 고분고분 굴고 있었다.

이윽고, 추이는 말고삐를 잡고 호숫가 쪽으로 다가갔다.

햇빛이 잘 드는 곳에서 호예양은 기지개를 켰다.

'뭐랄까, 되게 편하다 오늘.'

그녀는 생각했다.

보통 다른 아이들이 말을 몰게 되면 햇빛을 피해서 몬다.

대부분의 여인들은 피부에 햇빛을 직접 쬐고 싶지 않아 하기 때문이다.

하지만 호예양은 예전부터 햇빛을 쬐는 것을 좋아했다.

그리고 추이는 마치 그걸 알고 있기라도 하듯, 말을 양지바른 쪽으로만 몰고 가고 있었다.

그때.

위잉-

날벌레 하나가 호예양의 코끝을 스쳤다.

"윽, 벌레. 물가는 다 좋은데 이거 하나가 문제로구나."

호숫가에는 본디 날벌레들이 무척 많다.

날이 쌀쌀해졌는데도 그렇다.

호예양은 호수 구경을 좋아했지만 벌레가 유일한 귀찮음이었다.

그때.

치이이익-

추이가 품속에서 무언가를 꺼냈다.

그것은 말린 쑥이었다.

추이가 쑥불을 피우자 날벌레들이 모두 달아났다.

호예양은 눈을 동그랗게 떴다.

"그런 것도 가지고 다니는 건가?"

"……."

추이는 이번에도 대답하지 않는다.

하지만 호예양은 왜인지 화가 나지 않았다.

그녀는 추이에게 물어보았다.

"너는 신입 같은데, 되게 감이 좋구나. 원래 그렇게 일을 잘하니?"

그러자 비로소, 추이가 대답했다.

"사위지기자사(士爲知己者死)."

그는 호예양을 돌아보며 말을 이었다.

"나를 가족으로 대해 주는 이를 나 역시 가족으로 대할 뿐이다."

추이의 말에 호예양은 잠시 눈을 크게 뜨고 말이 없다.

이윽고, 그녀의 입이 열렸다.

"뭔가 사연이 있는 것 같아서 길게 말하기가 좀 그렇지만……."

호예양의 크고 맑은 눈에 추이의 얼굴이 담겼다.

"네가 호정문에 있는 동안은, 우리가 네 가족이다."

그 말을 들은 추이는 일순간 과거로 돌아간 듯한 착각이
들었다.

'내가 너를 왜 살린 줄 아느냐?'

'모르겠다.'

'그것은 네가 호질표국의 쟁자수였기 때문이다.'

'……?'

'나는 멸문당한 호정문의 마지막 후예다.'

'……!'

'너는 말했었지. 잠시지만 호질표국에서 쟁자수를 했던 적
이 있다고. 그곳의 문주와 그의 아내는 좋은 사람이었다고.'

'…….'

'그때부터였던 것 같다. 너를 가족으로 생각한 것이.'

쏟아지는 빗속에서, 죽어 가는 호예양과 나누었던 대화가
떠오른다.

형제의 마지막 모습과 목소리가 아직도 눈에 선하다.

그럴수록 지금의 눈앞에 보이는 형제의 모습은 추이의 마
음을 더더욱 아프게 만들고 있었다.

화상으로 인해 얼굴부터 가슴까지, 추하게 일그러졌던 과
거의 호예양.

이제 막 피어나기 시작한 아름다운 외모를 가진 지금의 호
예양.

숯을 삼켜 쉑쉑거리는 쇳소리만 내뱉을 수 있었던 과거의

호예양.

또르르 굴러가는 옥구슬 같은 목소리를 가진 지금의 호예양.

"……."

추이는 입을 다물었다.

분노와 복수심, 슬픔과 그리움.

이러한 감정을 계속해서 쭉 유지하는 것은 불가능하다.

인간인 이상 분노는 사그라들고, 복수심은 옅어지고, 슬픔과 그리움은 망각된다.

제아무리 철혈의 복수자였던 호예양이라 할지라도 마음이 꺾이고 의지가 약해지는 순간이 있었을 것이다.

그럴 때 그녀는 자신의 처지와 외모를 돌아보며 무슨 생각을 했을까?

성별과 외모를 버린 복수귀가 되었던, 변소간 똥물에 몸을 담갔던, 구더기 끓는 시체 더미를 비집고 들어가 숨어 있었던, 그리고 추격자들에게 쫓겨 머나먼 변방의 전장까지 도망쳐야만 했던, 더럽고 못 배운 말단 잡배들과 뒤섞여 한 막사를 쓰던…… 그녀는 어떤 마음이었던 것일까?

추이는 입을 열어 무엇인가를 말하려 했다.

호예양은 귀를 기울여 그것을 듣고자 했다.

……하지만.

둘 사이를 갈라놓는 외침이 있었다.

"아가씨!"

저 뒤에서 우동원이 허겁지겁 뛰어오고 있는 것이 보인다.

"표사님들이 돌아왔습니다요!"

그 말을 듣는 순간, 호예양의 두 눈이 휘둥그레졌다.

표행에 나섰던 주예화 표두를 비롯한 호질표국의 표사들이 무사히 돌아왔다.

호정문의 자금난을 일거에 해소시켜 줄, 장장 백팔 일간의 여정이었다.

호예양은 재빨리 고삐를 잡았다.

그리고 추이를 돌아보며 말했다.

"미안하지만 먼저 가 볼게! 오늘 저녁에는 큰 잔치가 벌어질 거니까 배 비워 놔! 맛있는 거 많이 먹을 수 있을 거야!"

말을 마친 호예양은 양해를 구하고는 재빨리 말을 몰았다.

호정문의 장원을 향해 순식간에 달려 나가는 호예양을 보며, 추이 역시도 발걸음을 돌렸다.

저 멀리 호정문의 담벼락 너머에서 무사 귀환한 표사들을 대대적으로 환영하는 소리가 여기까지 울려 퍼지고 있었다.

바로 그때.

"야."

우동원이 추이의 뒷목을 턱 붙잡았다.

그러고는 낮은 목소리로 말했다.

"넌 뭔데 지멋대로 아가씨 수행을 따라 나갔냐? 그건 원래

고참들이 하는 거 몰라?"

우동원은 추이에게 으름장을 놓으며 등을 떠밀었다.

"안 되겠다. 너는 이따 잔치 때 보자. 찌꺼기 국물도 못 먹게 될 줄 알아."

"위하여!"

호정문에 잔치가 벌어졌다.

안뜰 가장 넓은 곳에 수많은 탁자들이 놓였고 술과 음식이 날라져 왔다.

호정문주 호연암이 술잔을 높이 들었다.

"이번 표행의 일등 공신, 주예화 표두를 위하여!"

"위하여!"

수많은 사람들이 술잔을 치켜든다.

그 중심에는 이번 표행을 무사히 성공시킨 표사들이 뿌듯한 표정으로 앉아 있었다.

"이번에는 정말 죽는 줄 알았지."

"설마 흑도방 놈들이 그렇게 작정하고 습격을 해 올 줄이야."

"그래도 마감 기한을 맞춰서 다행이었어. 까딱했으면 위약금을 물 뻔했다고."

"이렇게 살아서 호정문의 장원을 다시 보게 되다니. 눈물이 날라 그러네 막."

"결국에는 다시 돌아왔구나. 휴-."

죽은 자들에 대한 미안함으로 복잡한 심경이었지만, 그보다는 살아남았다는 것에 대한 기쁨이 더 컸다.

주예화 표두가 술잔을 들어 올렸다.

"죽어 간 동료들의 넋은 평생 가슴에 품고 갈 일이지만, 오늘 밤만은 다 잊자! 다 잊고 산 사람의 기쁨을 누리자!"

"위하여!"

표사들도 술잔을 들어 올렸다.

군데군데 비어 있는 자리.

원래대로였다면 그 자리를 채우고 있었어야 할 얼굴 얼굴들.

하지만 칼밥을 먹는 사람들이라면 다 익숙해져 있다.

어제를 함께 보냈던 얼굴과 오늘 헤어져야 하는 삶, 그리고 오늘을 함께 보낸 얼굴들과 내일 헤어질지도 모르는 삶.

이런 삶에 대한 새삼스러운 회한 때문일까, 잔치는 평소보다도 훨씬 더 떠들썩하게 진행되고 있었다.

그때. 직접 술과 음식을 나르던 호예양이 무언가를 발견했다.

무표정한 얼굴, 남루한 차림새의 소년.

추이가 잔칫상의 가장 말석에 앉아 있었다.

추이의 앞에는 술과 음식이 아무것도 없었는데 그 옆에 있는 다른 마구간지기 소년들의 그릇에는 먹을 것들이 가득했다.

"……저것들이 진짜!"

호예양은 화난 표정으로 걸어갔다.

그리고 마구간지기 소년들을 향해 소리쳤다.

"얘들아! 음식을 너희들끼리만 먹으면 어떡해!"

그러자 우동원을 비롯한 마구간지기들이 화들짝 놀랐다.

이윽고, 우동원이 더듬거리며 변명했다.

"나, 나눠 먹으려고 했어요. 아가씨."

"또 한번 이렇게 먹을 걸로 차별하는 모습 보이면 진짜 화낸다?"

"그럼요! 이제 막 나누려던 참이었어요! 진짜 참말이에요!"

호예양이 눈을 부릅뜨자 우동원은 황급히 자기 그릇에서 고기와 떡을 덜어서 추이의 그릇에 부어 주었다.

다른 마구간지기 소년들도 아 뜨셔라 일어나서 자기 그릇에 담긴 음식들을 덜어 준다.

"……"

추이는 무표정한 얼굴로 말이 없었다.

호예양의 그런 추이의 등을 한번 탁 쳤다.

"누가 괴롭히면 바로 나에게 오라니까."

"……."

추이는 여전히 별다른 반응이 없다.

그러자 호예양은 그릇에서 떡 하나를 집어 들어 강제로 추이의 입에 넣어 주었다.

우물……

추이가 떡을 씹는 것을 본 호예양이 밝게 웃었다.

"많이 좀 먹어. 비쩍 말라 가지고는. 애들이 밥 굶겨?"

호예양은 추이에게서 시선을 떼고 눈을 부릅뜬다.

우동원을 비롯한 다른 마구간지기들이 재빨리 그릇에 얼굴을 처박고 눈치를 본다.

"너희들, 내가 앞으로 지켜볼 것이다. 알겠어? 추이 괴롭히지 마."

호예양은 마구간지기 소년들에게 단단히 으름장을 놓았다.

그때.

"희야— 이리로 오너라."

저 멀리서 호연암이 호예양의 아명을 부르는 소리가 들렸다.

아마 주예화 표두와 나눌 말이 있는 것 같았다.

호예양은 다시 한번 추이를 보고 말했다.

"음식이 모자라면 나한테 와라. 알겠지?"

"……."

추이는 이번에도 별다른 대답을 하지 않았다.

이윽고, 호예양은 호연암과 주예화가 있는 곳으로 갔다.

그러자 우동원의 표정이 곧바로 변했다.

"이 새끼, 진짜 아가씨를 어떻게 구슬렸길래 저러시지?"

"맞아. 하— 고놈 참 맹랑하네. 나이도 어린 새끼가."

다른 마구간지기 소년들도 인상을 쓰며 추이를 돌아보았
다.

우동원이 젓가락으로 고기조각 하나를 집어 들었다.

그리고 그것을 추이의 얼굴로 던졌다.

"어따— 주워 먹어라."

"큭큭큭— 니 주제에 고기 맛이라도 볼라면 먹어야지. 별
수 있나?"

"왜? 선배들이 띠껍냐? 꼬우면 일찍 들어오던가? 어?"

"표정 관리 안 해? 너 이 마구간 생활 제대로 꼬이고 싶
어?"

마구간지기 소년들이 추이를 괴롭히기 시작했다.

틱— 탁— 철썩!

고기조각이나 떡 쪼가리, 술 방울들이 추이의 얼굴로 날아
들기 시작했다.

……바로 그 시각.

주예화 표두는 호연암과 술잔을 나누고 있었다.

호연암과 사지원은 주예화 표두를 입에 침이 마를 정도로 칭찬했다.

"주 표두 덕분에 이번 표행이 무사히 끝났어. 대금도 잘 들어왔고, 덕분에 숨통이 좀 트이게 되었군."

"이번 표행에서 돌아오지 못한 표사들의 가족들은 걱정 말아요. 제 명예를 걸고 그들을 마지막까지 잘 보살필게요."

"제 일을 했을 뿐입니다. 동료들의 가족들까지 생각해 주시니 몸 둘 바를 모르겠습니다. 정말 감사드립니다."

주예화 표두는 호정문의 주인 부부를 향해 고개를 숙였다.

그때, 호예양이 자리에 앉았다.

"고생 많으셨습니다. 한 잔 받으시지요, 주 표두님."

"감사합니다. 아가씨."

주예화 표두는 술잔을 들어 호예양이 따라 주는 술을 받았다.

호예양이 문득 생각났다는 듯 말했다.

"참. 보내 주신 서찰에 적힌 객 말씀인데요."

"안 그래도 여쭤보려 했습니다 아가씨. 상석에 그분의 모습이 안 보이던데 어찌 된 일인지요?"

"으음. 호정문에 딱히 무림인의 방문은 없었습니다."

"이런. 그분께서 호정문에 방문하지 않으셨나 보군요."

주예화 표두의 표정이 아쉬움으로 물들었다.

"창을 쓰는 한 젊은 협객이었습니다. 그분 덕분에 저희는 녹림도, 아니 흑도방의 습격에서 살아남을 수 있었지요. 꼭 찾아뵙고 구명지은에 대한 인사를 드리고 싶었는데…… 호정문으로 오지 않으신 듯하니 아쉽게 됐습니다."

"그 협객분이 그렇게 강했습니까?"

"엄청났습니다. 창 한 자루만으로 흑도방원들을 수도 없이 쓰러트리셨지요. 젊은 나이인데도 불구하고 실로 놀라운 신위였습니다. 오죽했으면 제가 금패까지 내어드렸겠습니까."

"만약 표두님의 금패를 소지하신 분이 오셨다면 특급 귀빈으로 모셨을 것입니다. 하지만 아무도 오지 않았어요."

"정말 아쉬운 노릇입니다. 그런 고수를 식객으로 품을 수만 있다면 문의 위세가 크게 높아질 텐데요."

"그러게요. 말씀만 들어도 정말 아쉬워요."

하지만 미련을 품는다고 해서 지나간 인연이 다시 돌아오지는 않을 것이다.

특히나 자유롭게 떠도는 것을 좋아하는 기인들은 타의로는 절대 붙잡아 놓을 수 없다.

주예화 표두는 그것을 잘 알고 있었기에 애써 아쉬움을 털어 버렸다.

"호정문에 방문하지 않으셨다면 어쩔 수 없지요. 이 술 한잔에 다 잊어버려야겠습니다."

"좋습니다."

호예양이 생긋 웃는다.

주예화 표두는 그 아름다움에 순간 술잔을 들고 있다는 것
도 잊어버릴 뻔했다.

'아가씨의 미소를 다시 볼 수 있어서 다행이야.'

주예화 표두는 속으로 이런 생각을 하며 술잔을 들어 올렸
다.

죽음의 문턱에서 돌아온 호정문은 너무나도 익숙하고 또
반가운 장소였다.

믿고 신뢰하고 사랑하는 사람들.

장원의 담벼락과 건물, 정원, 나무와 돌, 자갈들 하나하나
까지 모두 정겹고 소중하게 느껴진다.

주예화 표두는 술잔을 들어 올렸다.

호연암 역시도 다른 표사들을 독려하며 건배를 준비했다.

"건배사 한번 하시게, 주 표두! 이 자리의 영웅이 한 말씀
하셔야지!"

"크흠— 흠— 그럼 부족하지만 한마디 하겠습니다!"

주예화 표두는 술잔을 든 채 호정문의 모든 이들을 향해
입을 열었다.

"이 자리에 계신 모든 분들께 합당한 기쁨과 영광, 대가가
돌아가기를 바랍니다."

그녀는 상석에 앉아 있는 귀빈들부터 시작해 중간 부분을
지나 말석에 있는 하인들까지를 모두 둘러보았다.

비단옷을 입고 상석에 앉아 흐뭇한 표정을 짓고 있는 귀빈들.

즐거운 표정으로 점잖게 먹고 마시는 무인들.

그리고 이렇게 맛있는 음식을 또 언제 먹어 보겠냐는 듯, 정신없이 먹고 마시는 말석의 하인들.

"자, 그럼. 위하여!"

"위하여!"

모두가 술잔을 입으로 가져갔다.

주예화 표두 역시도 술잔을 기울여 입술을 적시려 했다.

바로 그 순간. 그녀의 눈에 무언가가 들어왔다.

그것은 잔칫상 가장 말석에 위치해 있는 마구간지기들의 탁자였다.

"야, 이 새끼 이거 입 꾹 다문 거 봐라? 너 진짜 맞을래?"

"밥이고 뭐고 오늘 푸닥거리 한판 해?"

"안 되겠다. 야, 넌 이거 먹지 마."

"에이— 아무것도 안 주면 또 아가씨께 혼나. 저 새끼가 다 일러바칠 거 아냐."

"그럼 여기 이 찌꺼기들이나 먹으렴. 니 주제에 딱이다, 인마."

마구간지기 소년들이 집단으로 괴롭히고 있는 한 소년.

다른 마구간지기들에 비해 유독 남루한 옷을 걸친 그는 얼굴이 음식물 찌꺼기로 범벅이 되어 있는 채였다.

스윽−

소년이 자신의 얼굴에 묻은 찌꺼기들을 소매로 닦아 내자.

'……!'

저 멀리, 상석에 앉아 있던 주예화 표두의 눈이 화등잔만 해졌다.

시원하게 목젖 고개를 넘어가려던 술이 갑자기 톱밥 뭉텅이로 변한 듯하다.

"케헥!?"

주예화 표두는 입안에 머금고 있던 술을 모조리 뱉어 버렸다.

촤악−!

그녀의 입에서 튀어나온 술이 호연암의 얼굴에 확 끼얹어졌다.

"으왓!? 이게 무슨! 주 표두! 왜 그러나!?"

깜짝 놀란 호연암이 얼굴을 닦고는 고개를 든다.

하지만 주예화 표두는 호연암의 반응 따위는 신경조차 쓰지 않았다.

그저 눈을 찢어질 듯 크게 뜬 채로 덜덜 떨고 있을 뿐이었다.

추이가 앉아 있는 잔칫상의 말석을 바라보면서 말이다.

곤귀(棍鬼)

한편.

추이는 말석에 앉아서 조용히 밥과 술을 먹고 있었다.

"……."

식사를 하는 중에도 정신은 온통 심상세계 속에서 들끓고 있는 내공에 집중되어 있다.

[추워……]

[뜨거워……]

[여기서 꺼내 줘……]

[제발 나를 풀어줘……]

[잘못했습니다용서해 주세요잘못했습니다용서해 주세요 잘못했습니다용서해 주세요잘못했습니다용서해 주세요잘못 했습니다용서해 주세요잘못했습니다용서해 주세요잘못했습

니다 용서해 주세요 잘못했습니다 용서해 주세요……]

조가장을 멸문시키는 과정에서 새로 얻은 창귀들.

그들은 단전 속의 심연 한가운데 우글우글 모여 울고 애원하고 웃어 댄다.

그중 가장 깊은 곳에는 조양자의 창귀가 들어앉아 있었다.

'과연 일류고수답군.'

그는 피눈물을 흘리며 추이를 노려보고 있었는데 내공을 뽑히면서도 반항적인 태도를 잃지 않는다.

과연 지금껏 사로잡은 창귀들 중에 가장 강한 존재다웠다.

하지만 추이는 조금도 조바심을 내지 않았다.

'그래 봤자 며칠도 채 못 버틸 것이다.'

창귀칭이 만들어 낸 내공의 심연은 너무나도 춥고 고독한 곳.

지금의 조양자는 추이를 향한 증오를 불태우며 이를 부득부득 갈고 있겠지만…… 아마 곧 자신을 예뻐해 달라고, 꺼내어 부려 달라고, 제발 이 춥고 어두운 곳에서 잠시라도 꺼내 달라고 부르짖게 될 것이다.

'지금 중요한 것은 그게 아니지.'

추이는 자신의 몸 상태를 다시 한번 점검했다.

일주천(一周天).

몸에 흐르고 있는 시뻘건 내공을 정수리 끝부터 발가락 끝까지 한 바퀴 돌리자, 비로소 신체 전부가 온전히 추이의 통제하에 들어왔다.

굴각(屈閣) 십 층.

이로써 굴각의 열 계단을 모두 올랐다.

이제 추이의 앞에는 크고 거대한 문이 보인다.

온통 해골과 혈관으로 이루어져 있는 무시무시한 문.

이올(彛兀).

상위 단계로 통하는 이 문을 열고 고통과 증오만이 넘실거리는 다음 층계를 내디뎌야만, 비로소 창귀칭의 숙련자라고 칭할 수 있게 되는 것이다.

'……단, 이 단계로 넘어가기 위해서는 외부의 도움이 필요하지.'

그것이 바로 추이가 이 잔칫상에 참석한 이유였다.

이올의 단계로 넘어가기 위해서는 임독양맥을 뚫어야 한다.

그걸 위해서는 특정 자리의 혈을 뚫어 몸에 흐르고 있는 기존 피의 절반을 빼내고 그 자리를 영약의 기운으로 대체해야 했다.

당연하게도 외부인의 도움이 없으면 해낼 수 없는 과정이었다.

그러나, 수많은 생사를 헤쳐 온 추이는 이 과정을 혼자서 해낼 자신이 있었다.

다만 그 과정에 필요한 영약 등을 시간 내에 구하기 위해서라면 남의 손을 빌릴 필요가 있다.

'주예화 표두랬던가?'

추이는 상석에 있는 주예화 표두를 물끄러미 바라보았다.

그녀는 마시던 술을 내뱉으며 연신 콜록거리고 있다.

보아하니 자신의 존재를 눈치챈 모양.

추이는 조용히 손가락을 들어 올려 입술에 댔다.

그러자.

"헙!"

주예화 표두는 황급히 입을 다물었다.

그녀는 열심히 머리를 굴리고 있었다.

'왜지? 왜 은인께서 저런 자리에 계시지?'

도무지 이해할 수 없는 상황 속에서, 주예화 표두는 자신이 어떻게 처신해야 할지를 고민한다.

하지만.

…따악!

추이의 머리가 갑자기 앞으로 팩 숙여졌다.

우동원이 손으로 추이의 뒤통수를 때린 것이다.

"인마, 형님이 말씀하시는데 어딜 봐!"

"막내 놈이 벌써부터 빠져 가지고!"

"똑바로 안 해? 내 잔이 비었잖아!"

술이 좀 들어간 마구간지기 소년들이 추이를 괴롭힌다.

불쾌하게 술이 오른 우동원이 주먹으로 추이의 머리를 꾹 꾹 눌러 댔다.

"어차피 좀 있음 떠날 뜨내기라고 해도. 어? 그동안만이라도 예쁘게 좀 굴어라. 알겠냐? 맞기 싫으면 정신 바짝 차리라고."

당연히, 그것을 보고 있는 주예화 표두는 안절부절 좌불안석이었다.

"저, 저, 저 미친놈들이!"

"네? 무슨 일이십니까?"

"아, 아닙니다 아가씨!"

"……?"

저도 모르게 소리를 질러 버린 주예화 표두의 시선을 따라 호예양이 고개를 돌린다.

주예화 표두는 그런 호예양의 시선을 다시 자신에게로 돌리기 위해 필사적으로 머리를 굴렸다.

바로 그때, 시기적절하게 다른 누군가가 호예양의 이목을 끌었다.

똑똑똑똑똑똑……

청명하게 울려 퍼지는 목탁 소리.

어디서 나타난 것일까, 중 하나가 잔칫상 말석에 홀연히 서 있었다.

그는 챙이 너덜너덜한 죽립을 깊이 눌러쓰고 손에는 거무칙칙한 장대 하나를 지팡이처럼 짚고 있었다.

입고 있는 분소의(糞掃衣)는 하도 낡고 헤져서 넝마와 구분이 가지 않을 정도였다.

호예양이 합장을 하며 말했다.

"스님. 어떻게 오셨는지요?"

그러자 중이 웃었다.

"소인은 중이 아니라 그냥 지나가는 객이오. 보아하니 댁에 경사가 난 듯한데, 실례가 안 된다면 밥 한술 얻어먹고 갈 수 있겠소?"

"그럼요. 얼마든지요."

호예양은 기꺼이 자리를 내주었다.

그때.

저벅— 저벅— 저벅—

중이 거침없이 잔칫상의 위쪽으로 향했다.

그는 일언반구 말도 없이 가장 상석에 털썩 앉아 버렸다.

그러고는 눈앞에 있는 떡과, 밥, 술을 마구 집어먹기 시작했다.

"이것 참, 맛있구려. 벌써 몇 끼를 굶었더니만. 어험— 어험—."

고기산적을 쩝쩝 우물거리고 있는 중의 모습에 주변에 있던 귀빈들이 눈살을 찌푸렸다.

그러자 호정문주 호연암이 점잖게 말했다.

"스님."

"나는 중이 아니외다. 목탁은 그냥 오다가 주운 거고."

"예, 그러시군요. 아무튼 간에, 객(客)들을 모시는 자리는 이쪽이 아닙니다."

"그렇소? 그럼 어디요?"

"저쪽에서 드시면 될 것 같군요."

호연암은 잔칫상의 말석을 권했다.

그러자 중은 혀를 찼다.

"저쪽은 하인들이나 앉는 말석 아니오?"

"딱히 신분에 따라 나눈 것은 아닙니다. 음식도 똑같지요."

"허허— 참. 그래도 사람 기분이라는 것이 있지. 에이, 알겠소이다. 음식이 똑같으면 됐지 뭐."

중은 자리를 털고 일어나더니 트림을 한번 길게 했다.

그러고는 어기적 어기적 걸어서 말석을 비집고 들어갔다.

그 옆에는 우동원이 있었다.

"아니, 뭔 땡중이 고기를 저렇게 우걱우걱 먹는다냐? 어휴, 냄새는 또 왜 이렇게…….."

중이 옆으로 앉아 떡과 고기를 죄다 먹어치우자 마구간지기 소년들의 눈총이 사나워졌다.

우동원이 대표 격으로 말했다.

"이봐, 땡중. 우리 문주님이 사람이 좋으셔서 끼워 주는 거야, 감사하게 생각해. 솔직히 중이 아니라 거지 같기는 한데. 에이. 원래는 몰매를 줘서 쫓아내야 할 놈인데. 어쿠—
냄새야. 악취로 사람 잡네 아주."

그러자 그 말을 들은 중이 껄껄 웃었다.

"고놈 아주 맹랑한 놈이구나. 이리 잠깐 와 보련?"

중은 우동원을 향해 손을 뻗었다.

우동원이 미간을 찌푸리며 그 손을 쳐내려는 순간.

"뭐 하나?"

중과 우동원의 사이를 가로막는 손이 있었다.

추이가 무심한 얼굴로 중을 바라본다.

우동원의 앞을 가로막은 채 이쪽을 바라보는 추이를 보며,
중은 또다시 너털웃음을 터트렸다.

"오호? 내가 뭘 하려고 하는지 눈치챘나?"

"……."

"감이 좋은 아이구나. 싹수가 밝아. 허허허—"

이윽고, 중은 올렸던 손을 내렸다.

그러고는 추이의 뒤에서 고개를 내밀고 있는 우동원에게
말했다.

"너는 이 꼬맹이에게 평생 감사해하면서 살거라. 구명지
은(救命之恩)을 입었으니까."

"뭐라는 거야, 저 씨팔 땡중이?"

중의 말을 들은 우동원이 새끼손가락을 들어 귀를 후볐다.

바로 그때.

벌떡—

중이 자리에서 일어났다.

그리고 큰 소리로 외쳤다.

"자, 다들 들으시오!"

쩌렁쩌렁 울려 퍼지는 목소리는 말석뿐만 아니라 가장 상석에 있는 이들의 시선까지도 끌어모으기에 충분했다.

내공이 섞여 있는 고함.

몇몇 이들의 안색이 변했다.

그러거나 말거나, 중은 계속해서 말을 이어 나갔다.

"자— 무슨 좋은 일이 있는지는 모르겠지만, 이런 푸짐한 자리에 끼워 주셔서 감사하외다. 다만 말이오, 딱 한 가지 아쉬운 점이 있는데…… 그건 바로 술이 차갑다는 것이오. 술이 차면 배가 차게 되고, 배가 차면 배탈이 나기 십상이니, 이런 쌀쌀한 날씨에는 더운 술을 마셔야 인지상정 아니겠소이까?"

너덜너덜해진 죽립 사이로 중의 눈이 파랗게 빛난다.

"이 구모씨가 여기 모인 영웅호걸들께 따뜻한 술 한 잔씩 올리겠소이다."

이윽고, 중의 손가락이 탁자에 올라갔다.

동시에.

ㄷㄷㄷㄷㄷㄷㄷㄷ……

긴 탁자 전체가 옅게 진동하기 시작했다.

그리고 이내. 탁자 위에 놓인 모든 술잔들에서 더운 김이 모락모락 피어오른다.

부글부글부글부글부글부글······

술잔이 뜨겁게 달아오르는가 싶더니 안에 든 술들이 모두 펄펄 끓기 시작했고 이내 순식간에 증발해 버렸다.

탁자 위의 다른 음식들은 모두 그대로였고 술잔에 든 술들만 싹 다 사라졌다.

모든 이들의 표정이 딱딱하게 굳은 가운데, 중만이 너털웃음을 짓고 있었다.

"어이쿠. 정말로 건배(乾杯)를 해 버렸군. 좋은 술을 다 말려 버려서 이걸 어쩌나?"

침묵.

절정(絕頂)에 이른 무림고수의 기예를 눈앞에 두고 모두들 말이 없다.

당연한 일이다.

절정고수란 무엇인가?

셋만 모여도 한 성을 하룻밤 만에 핏물에 잠겨 사라지게 만들 수 있을 정도의 무인들.

지고의 영역에 한 발을 디뎌 놓은 절대강자들.

그런 존재가 대놓고 기세를 발현하고 있으니, 이 자리에 모인 모든 사람들의 목숨줄은 그에게 잡혀 있는 것이나 다름없다.

이윽고 호정문주 호연암이 입을 열었다.

"혹시 주 표두의 금패를 소지하신 분이십니까?"

"아닙니다 문주님. 저분은…… 제가 만났던 분이 아닙니다. 저도 처음 봅니다."

옆에 있던 주예화가 간신히 목소리를 짜냈다.

그때. 중이 얼굴을 가리고 있던 죽립을 벗었다.

뒤로 쓸어 넘긴 회색의 머리칼, 쭈글쭈글 주름진 노인의 얼굴.

흰자밖에 보이지 않는 작은 눈과 콧잔등을 길게 가로지르고 있는 흉터 자국이 인상적이다.

중은 자기를 소개했다.

"나는 사도련에 몸담고 있는 수금귀(收金鬼)요. 한때는 '곤귀(棍鬼)'라는 별호로도 불린 적이 있소만. 허허."

그 말을 듣는 순간, 잔칫상에 모인 모든 이들의 표정이 경악으로 얼룩졌다.

곤귀 구강룡.

그는 한때 무림을 독보하던 쌍귀(雙鬼)의 일인으로 일약 유명세를 떨쳤었다.

하지만 어느 날 모종의 사건으로 인해 사도련과 마찰을 빚게 되었고, 사도련주와의 비무에서 패한 뒤부터는 사도련에서 일하게 되었다고 한다.

그는 주로 상납금이나 이자 혹은 원금을 제때 바치지 않는 조직을 찾아가서 채무를 독촉하거나 수금을 해 오는 역할을 맡고 있었다.

홀짝—

곤귀는 술병에 담긴 더운 술을 자신의 잔에 따르고는 그것을 들이켰다.

"흑도방이 망했더군."

청중들 중 그 누구도 입을 열지 못한다.

곤귀는 계속해서 술을 홀짝였다.

"그놈들이랑 붙어먹던 조가장도 망했다지?"

곤귀의 서슬퍼런 시선이 잔칫상을 훑는다.

"그럼 가장 이득을 보는 곳이 어디일까? 잔칫상까지 벌여 가면서 이 상황을 기뻐하는 놈들이 어떤 놈들일까? 나는 그것이 궁금하더란 말이지."

잔칫상 위의 푸짐한 요리들을 핥아 올리던 곤귀의 시선이 호정문주 호연암의 얼굴에서 멈췄다.

"그래서 오늘 몇 군데 좀 들렀다 오는 길이오. 여기 호정문이 마지막이고."

"……저희들은 흑도방과 아무런 인연이 없습니다."

"그 말이 맞다면 오늘 밤은 아무 일 없을 것이니 편히들 숟가락 드시오."

곤귀는 너털웃음을 지으며 고개를 돌렸다.

그의 시선은 호연암의 옆에 있는 호예양을 향해 옮겨 갔다.

"……흠, 그나저나. 과연 그럴 만하구나."

"?"

호예양은 자신을 빤히 바라보는 곤귀의 시선에 억지로 웃어 보였다.

"무슨 말씀이십니까, 선배님?"

"조가장이 호 소저의 미모를 탐하다가 사달을 맞았다고 들었는데, 과연 그럴 만하다고. 문파 한두 개쯤은 너끈히 망하게 만들 외모야. 허허허— 아주 예뻐."

면전에서 대놓고 이루어지는 외모 품평.

호예양이 무어라 대답해야 할지 몰라 잠시 고민하는 순간, 일이 벌어졌다.

곤귀가 호예양을 향해 고개를 불쑥 내밀었다.

그러고는.

퉤—엣!

그녀의 얼굴에 걸쭉한 가래침을 뱉은 것이다.

⁂

밤하늘의 한 허리와 같은 머릿결, 백옥처럼 흰 피부, 반달 모양의 검은 눈썹, 호수처럼 크고 맑은 눈과 별빛 같은 눈빛.

마주한 상대를 절로 조신하게 만드는 옥안(玉顏)이다.

……그래서일까?

퉤-엣!

곤귀가 내뱉은 가래침이 호예양의 얼굴 정중앙에 떨어졌을 때, 이를 지켜보던 사람들은 경악했다.

예의범절의 영역을 떠나, 무가지보(無價之寶)가 훼손당하는 것을 본 이들이 보일 법한 당연한 반응이었다.

주르륵-

누런 가래침이 호예양의 이마를 따라 흘러내렸고 이내 오똑한 콧날 밑으로 길게 늘어진다.

곤귀는 그것을 보며 허허 웃었다.

"꼭 콧물을 흘리는 것 같구나."

"……."

"아름다운 외모를 가지고도 힘이 없으면 이렇게 안 맞아도 될 침을 맞는 법이란다, 아해야."

순간.

채앵-

옆에 있던 호연암이 칼을 뽑아 들었다.

그의 눈에서는 들불과도 같은 분노가 활활 휘몰아치고 있었다.

"혈사를 일으키기 위해 온 것이라면, 나는 끝까지 항전하리다."

"허허허- 감당 가능하겠소?"

"감당 못해도 해야지. 아비가 보는 앞에서 딸이 치욕을 겪었는데."

호연암이 씹어 내뱉듯 말을 이었다.

"밖으로 나오시오. 괜한 사람 휘말려들지 않게."

"밖으로 나갈 필요나 있을까 모르겠군. 그냥 여기서 합시다, 문주."

곤귀 역시도 자신이 들고 왔던 검은 장대를 움켜쥐었다.

호연암과 곤귀의 시선이 한곳에서 마주치고 있었다.

그때.

"칼을 거두시지요, 아버님."

호예양이 입을 열었다.

그녀는 손수건을 들어 얼굴에 묻은 가래침을 닦아 냈다.

그러고는 아까보다 더 맑은 미소를 띤 표정으로 술병을 들어 올렸다.

쪼르륵―

곤귀의 잔이 차오른다.

호예양은 그 잔을 곤귀의 앞으로 내밀었다.

"좋은 가르침 감사합니다. 이것은 수업료입니다."

"네 얼굴에 침을 뱉은 자에게 술을 따라 주느냐? 무가의 여식이 작부도 못 할 짓을 하는구나."

"제 얼굴에 침 뱉은 놈에게 자존심도 없이 아부하는 것이 아닙니다. 지고의 경지에 도달하신, 그리고 그 경지에 도달하기 위해 부단하게도 노력하셨을 선배님께 드리는 경의의 뜻입니다."

"같은 말인 것 같긴 한데, 미묘하게 다르긴 하구나. 그러니까, 좆빠지게 수련해서 그 힘을 손에 넣어 놓고 기껏해야 하는 짓이…… 고작 너처럼 어린 계집아이 얼굴에 침이나 뱉는 거냐, 뭐 그런 뜻이렸다?"

"소녀의 말재간이 미천하여 오해는 하실 수 있으나, 곡해는 하지 않으셨으면 합니다."

호예양은 생긋 웃으며 술잔을 향해 눈짓했다.

"그래서, 안 드실 건가요?"

"허허허허ー"

아무 일도 없었다는 듯 행동하는 호예양의 배짱에 곤귀조차도 혀를 내둘렀다.

그는 호예양이 따라 준 술잔을 쭉 들이켰다.

그러고는 옆에 있는 호연암을 향해 일어나 포권을 취해 보였다.

"방금의 무례는 내 사과하겠네. 그러니 문주도 칼을 거두시게."

"……."

"내가 문주 체면 세워 드리는 게야. 그러니 문주도 내 체면을 세워 주시게나. 서로 이쯤하지."

말을 마친 곤귀는 자신이 들고 있던 장대를 뒤로 내던져 버렸다.

쿵-!

검은 장대가 바닥에 떨어지자 묵직한 소음과 함께 흙먼지가 피어오른다.

호예양이 호연암에게 눈짓을 보냈다.

이윽고, 호연암은 긴 한숨 끝에 칼을 거두었다.

곤귀는 언제 기세를 일으켰냐는 듯, 그런 호연암을 향해 웃어 보였다.

"여식이 아주 재기발랄하구만. 키우는 맛이 나겠어. 어떤가? 나 같은 사위는?"

"장인보다 나이가 많은 사위가 어디 있소?"

"하긴- 그것도 그래. 아깝구나. 조금만 더 늦게 태어날 것을. 한 오십 년 정도만."

곤귀는 턱수염을 쓸며 탄식했다.

이윽고, 그는 문득 뭔가가 생각났다는 듯 입을 열었다.

"아, 참. 잊을 뻔했군."

"?"

호연암이 고개를 들자 곤귀가 능글맞은 어조로 말했다.

"뭐, 아무튼 간에. 흑도방이 원래 냈어야 할 상납금을 못 걷어 가게 되었으니 내 신세가 참 말이 아니야."

방금에야 생각났다는 듯 대수롭지 않게 말하고는 있지만.

"이대로 빈손인 채 련에 복귀했다가는 련주가 나를 호되게 질책할 걸세. 어쩌면 볼기짝을 맞게 될지도 몰라. 허 참. 두 손이 너무 가벼워."

사실 이것이 곤귀의 본론이다.

돈. 상납금.

그것이 오늘 곤귀가 호정문에 찾아와 깽판을 치고 있는 목 적인 셈이다.

곤귀의 눈에서 다시금 시퍼런 불빛이 흘러나온다.

"이곳 안휘성 내에는 흑도방만 한 규모의 사파가 없으이. 이미 자잘한 곳들을 한번 쭉 훑기는 했는데…… 목표액을 맞 추기에는 턱없이 부족하더군."

"그래서, 저의가 뭐요?"

"흑도방이 사라져서 돈을 못 받아 가게 생겼으니 별 수 있 나. 흑도방이 사라져서 이득을 보게 될 정파의 대협들 호주 머니에서 걷어 가는 수밖에."

곤귀가 호연암을 향해 씩 웃으며 말을 이었다.

"솔직히 말이오. 나는 흑도방을 누가 몰살시켰는지, 조가 장을 누가 멸문시켰는지는 관심 없으이. 목표로 한 액수만 맞춰 가면 돼."

"……."

"내가 아까 문주의 체면을 세워 주었으니, 문주도 내 체면 을 좀 세워 주시게나."

호연암은 미간을 찡그린 채 곤귀를 쏘아보았다.

"정파 소속 문파들에게 상납금을 걷으시겠다 이거군."

"상납금이라니. 위로금이지. 우리 말을 서로 곱게 하기로 합시다, 문주."

"그 위로금. 안휘성의 정도(定道)를 상징하는 남궁세가에도 청구하셨소?"

"거길? 미쳤나? 나는 돈 받으러 온 거지 찢겨 죽으려고 온 게 아니야."

곤귀는 웃으며 손사래를 쳤다.

그리고 느른한 어조로 말을 이었다.

"이번에 호정문이 표행으로 돈을 쏠쏠하게 벌었다지? 그 정도면 불쌍하게 죽어 간 흑도방도들에게 낼 조의금으로 딱 적당하겠군. 상납금을 받으러 이 먼 곳까지 와서 몇 번이나 헛물을 켠 나에게도 심심한 위로가 되겠어."

"······줄 수는 있소. 다만 시간이 필요하오. 표행에서 사망하거나 부상당한 이들에게 줄 위로금을 먼저 제해야 해서."

"무릇, 시간이라는 것은 모두에게 부족한 법이야. 그대에게 시간이 없듯, 내게도 시간이 없네."

곤귀의 태도는 완강했다.

시간을 벌어 보려는 호연암의 시도는 수포로 돌아갔다.

호연암은 눈을 질끈 감았다.

만약 곤귀가 나쁜 마음을 먹는다면 이곳 호정문의 식솔들은 오늘 밤 안에 몰살당한다.

근처에 있는 남궁세가에 도움을 청한다고 해도 시간이 없을뿐더러, 남궁세가에서 제대로 도와줄지도 의문이었다.

결국.

"……대금을 모두 가져와라."

호연암은 호정문의 문주로서 이런 판단을 내릴 수밖에 없는 것이다.

이윽고, 표사들이 이번 표행으로 받은 대금을 들고 왔다.

호연암은 이를 꽉 악물었다.

"대금을 넘길 테니 우리 호정문의 식솔들은 털끝 하나 건드리지 마시오."

"허허— 이거 왜 이러나, 문주? 내게도 과년한 딸자식이 있어. 그리고 그 돈을 안 주었어도 호정문에는 아무런 일이 없었을 것일세. 자발적으로 위로금을 주는 것치고는 기세가 너무 날카롭구만. 뭐, 어찌 되었든 간에, 고맙게 됐네."

커다란 가죽 자루 안에 담긴 돈을 보며 곤귀는 히죽 웃었다.

짤랑— 짤랑— 짤랑— 짤그랑—

돈 세는 소리가 장원 안에 요란하다.

이윽고, 곤귀는 고개를 끄덕였다.

"셈이 딱 맞는군."

그러고는 자루 속에서 금원보 하나를 집어 들어 던졌다.

…땅그랑!

곤귀가 던진 금원보는 호예양의 술상 앞으로 떨어져 내렸다.

"어따, 아가. 아까 침 뱉은 값이다."

"······."

호예양은 금원보를 쳐다보지 않았다.

다만 곤귀를 향해 가만히 고개를 숙여 보였을 뿐이다.

"그럼. 잘 위로받고 가네, 문주."

곤귀는 껄껄 웃으며 죽립을 덮어썼다.

그러고는 들고 있던 장대에 돈자루를 걸치고는 정문을 향해 터덜터덜 걸어갔다.

처음 나타났을 때처럼 태연하고도 여유로운 태도였다.

꽃잎

휘이이이잉-

호정문의 장원에 찬바람이 분다.

연회가 끝나고 난 자리는 비참했다.

절뚝이는 파장(罷場).

방문객들은 모두 조용히 돌아갔다.

빈자리에는 호정문의 식솔들만이 남아 침울한 분위기에 잠겨 있었다.

"······먼저 들어가 보겠소."

호연암이 아내 사지원과 딸 호예양을 데리고 내실로 돌아간 뒤, 다른 식솔들 역시도 뿔뿔이 제 보금자리를 찾아 흩어졌다.

돌아가는 인파들 속, 마구간지기들은 마구간으로 가며 몸을 오들오들 떨고 있었다.

"들었어? 아까 그 땡중 별호가 곤귀래. 엄청 무서운 무림인인가 봐."

"아까 표사들이 얘기하는 거 들었는데, 그 노인네 혼자서 여기 모인 사람들 전부를 죽일 수 있었다더라."

"돈 주고 끝나길 천만다행이야. 사람 목숨이 제일 아니겠어?"

"나는 그 땡중 처음 봤을 때부터 무서웠어. 풍기는 분위기가 어째 인간백정 느낌이 딱……."

그때, 마구간지기 소년들 사이에서 우동원이 튀어나왔다.

"그 자식 어딨냐!?"

그는 옷자락에 남은 떡과 고기들을 바리바리 싸 온 상태였다.

마구간지기 소년들이 반색했다.

"와! 대장! 그걸 언제 싸 왔어?"

"자리가 파투 나서 더 못 먹을 줄 알았는데! 다행이다!"

"역시 우리 생각해 주는 건 대장뿐이야!"

"어서 이리 와! 다 같이 나눠 먹자!"

하지만. 우동원은 모여드는 소년들의 궁둥이를 향해 연신 발길질을 날렸다.

"니네 말고! 추이 어딨냐고!"

우동원은 손에 떡과 고기를 든 채 추이를 찾았다.

"추이야! 내 사랑 추이야! 너 어디로 갔니!?"

그는 아까 전에 곤귀를 처음 만났을 때를 생각하며 몸을 파르르 떨었다.

하마터면 고수를 몰라보고 함부로 대했다가 개값도 안 나올 죽음을 맞이할 뻔했다.

그것을 막아 준 것은 바로 자신이 무시하고 홀대했던 추이였다.

'너는 이 꼬맹이에게 평생 감사해하면서 살거라. 구명지은 (救命之恩)을 입었으니까.'

곤귀의 목소리가 아직도 귓가에 서늘하다.

만약 추이가 용감하게 나서서 그의 손을 가로막아 주지 않았다면 어땠을까.

"이 자식 추이! 너 알고 보니 싸나이였다! 나도 싸나이니 은혜를 알거든! 이 떡이랑 고기 너 다 먹어라! 으응?"

우동원을 비롯한 마구간지기 소년들이 주위를 둘러보기 시작했다.

하지만 이상한 일이었다.

"그러고 보니 얘 어디 갔지?"

"어? 아까까지만 해도 여기 있었는데?"

"……뒷간에라도 갔나?"

방금 전까지 여기 있었던 추이가 그새 어디로 갔는지, 아는 사람이 아무도 없었으니 말이다.

⚜

짙은 물안개 속.

돈자루를 짊어진 채 걸어가는 곤귀는 콧노래를 부른다.

"風蕭蕭兮易水寒. 壯士一去兮不復還."

바람 쓸쓸하고 역수의 강물은 차다.

장사, 한번 가면 돌아오지 못하리.

궁(宮), 상(商), 각(角), 치(徵), 우(羽) 중 제대로 들어맞는 것이 하나도 없는 제멋대로의 가락.

하지만 곤귀는 흥이 나는지 한껏 어깨춤까지 추고 있었다.

휘이이이잉—

물안개 너머로 불어오는 바람이 점점 강해진다.

그럴 때마다 주변의 버들잎들이 귀신의 머리카락처럼 이리저리 휘날리고 있었다.

어느덧, 곤귀는 발걸음을 멈췄다.

만 장은 되어 보일 듯 높은 절벽.

그 사이를 아슬아슬하게 잇고 있는 긴 밧줄다리.

하지만 곤귀를 가로막은 것은 그것이 아니었다.

삐걱……

자욱하게 낀 물안개 때문에 허공에 이어져 있는 것처럼 보이는 외줄다리 앞.

그곳에는 곤귀를 기다리고 있던 그림자 하나가 홀연히 떠있었다.

삐걱…… 삐걱……

귀신인지 무엇인지 알 수 없는 그림자가 물안개 너머로 스르륵 사라졌다.

마치 곤귀에게 이 물안개 속으로 들어오라는 것처럼.

"허허-"

곤귀는 죽립을 깊게 눌러썼다.

그러고는 짊어지고 있던 돈자루를 절벽가에 내려놓았다.

쩔그렁-

돈자루를 내려놓은 곤귀는 그림자의 부름을 따라 물안개 속, 아찔한 외줄다리 위로 발걸음을 옮겼다.

삐걱…… 삐걱…… 삐걱…….

곤귀가 발걸음을 내디딜 때마다 외줄다리가 위태롭게 흔들거린다.

이윽고, 곤귀는 다리의 중간 지점에서 발걸음을 다시 한번 멈췄다.

아까 물안개 너머로 사라졌던 그림자가 그곳에 서서 그를 맞이하고 있었다.

곤귀가 입을 열었다.

"잘못 봤나 싶었는데, 잘 본 것이었도다."

그는 안개 너머에 있는 추이의 창백한 얼굴을 정확히 꿰뚫어 보고 있는 것이다.

"귀신인 줄 알았는데…… 사람이었구나."

"……."

"마구간지기 맞지? 왜 나를 찾아온 것이냐? 네 정인(情人)에게 모욕을 주어서?"

곤귀는 추이를 향해 손사래를 쳤다.

"내가 호예양, 그 아해의 얼굴에 침을 뱉었을 때. 나는 보았다. 네 몸이 살짝 떨리는 것을 말이야."

"……."

"반한 여자의 복수를 해 주기 위해서 나를 찾아왔다면, 그것은 잘못 찾아온 것이다. 애초에 그 아해는 나에게 모욕을 당한 적이 없기 때문이다."

곤귀는 심드렁한 표정으로 말을 이었다.

"네가 누군가에게 돈을 주었는데, 그가 돈을 받지 않았다고 치자. 그럼 돈은 누구의 것이지?"

"……."

"그야 여전히 네 것이겠지. 같은 이치다. 나는 그 아해에게 침을 뱉었고, 그 아해는 나의 침을 받지 않았다. 그럼 그

침은 여전히 내 것인 셈이지."

"……."

"불가에는 수처작주(隨處作主)라는 말이 있다. 저 멀리 서역에는 '오른뺨을 맞거든 왼뺨을 돌려 대라'라는 말 또한 있지. 둘 다 어떤 상황에서든 자신의 주인됨을 잊지 말라는 뜻이다. 상대가 모욕을 주었을 때, 화를 내면 주인됨을 잃는 것이나, 그것을 받지 않고 의연히 대처한다면 상황의 주도권은 여전히 자신의 것."

"……."

"그 아해는 나의 모욕을 상선약수(上善若水)의 흐름으로 흘려보냈다. 결국 나의 모욕은 갈 곳을 잃었고, 피해를 본 이는 아무도 없다는 뜻이야. 그런데 네가 왜, 무엇을 복수하겠다는 것이냐? 다 무의미한 것이니라."

곤귀는 고개를 절레절레 흔들었다.

그때, 추이가 말했다.

"절밥을 어설프게 먹어서 그런가, 혓바닥이 길구나."

이윽고.

삐걱…….

추이는 곤귀의 앞을 가로막은 용건을 짤막하게 털어놓았다.

"돈 내놔."

"……."

추이의 말을 들은 곤귀가 잠시 멍한 표정을 지었다.

이윽고, 그는 너털웃음을 지으며 말했다.

"그 말은 거의 사십 년 만에 들어보는군. 나한테 그따위 말을 하는 놈은 사도련주 이후에 네가 처음이다."

추이는 곤귀의 말에 말로 대답하지 않았다.

…차앙!

아무런 광택도 없는 흑창 한 자루가 추이의 손에 들렸다.

곤귀는 그것을 보며 나직한 탄성을 흘렸다.

"좋은 창이구나. 이름이 무어냐?"

"없다."

"조그만한 세가에서는 능히 가보 취급을 받을 만한 창인데, 이름이 없으면 쓰나. 어디 보자, 내가 하나 지어 주어야겠군. 절명창(絕命槍), 아니면 섭혼창(攝魂槍). 어떤가?"

곤귀는 이런저런 말을 하며 자신의 장대를 들어 보였다.

육각 형태의 긴 기둥.

추이의 창과 마찬가지로 아무런 광택도 없는 흑색 일색이다.

"이것은 말이야. 원래는 창(槍)이었거든? 그런데 창날이 부러져 나간 뒤로는 곤(棍)이 되었다네."

"……."

"그래도 말이야, 이게 흑철로 된 거라서 보기보다 단단해. 좀 무거운 것이 흠이지만. 허허허─"

곤귀가 자신의 흑곤을 들어 추이를 향해 겨누었다.

"만약 이 녀석의 날이 아직 살아 있었다면, 내가 곤귀(棍鬼)가 아니라 창귀(槍鬼)가 되었을 것이야. 안 그런……!?"

하지만 그의 너스레는 그리 길게 이어지지 못했다.

쉬익—

안개의 복판이 뻥 뚫리며, 그 구멍을 통해 추이의 창이 일직선으로 쇄도해 들어왔기 때문이다.

창끝에서 시뻘건 기운이 줄기줄기 뿜어져 나오는 것을 본 곤귀의 안색이 일순간 딱딱하게 변했다.

…따앙!

창과 곤이 허공에서 격돌했다.

…따따따따따따따따따땅! 채앵—

순식간에 수십 합이 오갔다.

팅! 티잉! 핏—

외줄다리를 구성하고 있는 밧줄과 판자 몇 개가 상처를 입었다.

끼—기기기기기기긱……

때마침 불어오는 바람에 다리는 더더욱 위태롭게 흔들리기 시작했다.

피—잉! 펑!

외줄다리의 바닥을 구성하고 있던 널빤지 하나가 바람에 날아가 버렸다.

삭은 밧줄만이 오랜 벗이었던 널빤지를 향해 손을 뻗고 있으나 그저 너울거림에 불과할 뿐.

"내가 호정문을 너무 얕봤구나."

곤귀가 너털웃음을 지으며 곤을 휘둘렀다.

"한낱 마구간지기가 이리도 강하거늘, 허허허ㅡ"

"……."

추이는 곤귀의 너스레에 반응하지 않았다.

다만 발을 크게 굴러서 외줄다리를 출렁거리게 만들었을 뿐이다.

"!?"

발을 내디디려던 바닥이 갑자기 아래로 푹 꺼지게 되자 곤귀는 허공에서 주춤하는 모양새가 되었다.

다리가 지네처럼 꿈틀거렸고, 그 때문에 디딜 널빤지를 다시 골라야 했고, 그 때문에 몸의 균형을 회복하는 속도가 아주 잠시 느려졌고, 그 때문에 뒤이어질 동작들 역시도 끊겨버렸다.

그리고.

쉐엑ㅡ

그 사이를 귀신같이 비틀어 제끼는 창날.

극히 찰나의 빈틈마저 비집고 들어오는 그 표홀한 살기에 곤귀는 대경하여 위로 뛰어올랐다.

하지만, 막상 반격하려고 보니 추이는 이미 눈앞에서 사라지고 없는 상태였다.

"……호오?"

곤귀의 표정이 일순간 급변했다.

타닥—

추이의 발소리가 바로 아래에서 들려온다.

나려타곤(懶驢打滾).

게으른 당나귀가 땅바닥을 구르는 듯한 동작.

하지만 이 볼썽사나운 동작의 주체가 추이라면 이야기가
달라진다.

쉬익—

아래에서 위로, 지면과 수직으로 솟구쳐 오르는 창날이 곤
귀의 사타구니를 노렸다.

"미친!?"

곤귀는 황급히 허리를 뒤로 뺐다.

하지만 그러느라 미처 간수하지 못한 아래턱 끝을 창날이
옅게 스치고 올라간다.

…뿌직!

턱끝이 세로로 갈라지며 붉은 선혈이 뿜어져 나왔다.

"허허허— 이거 아찔하구나야."

곤귀가 뒤로 물러났다.

일반적인 일류고수였다면 벌써 사타구니부터 정수리까지
관통당해 죽었다.

절정의 완숙에 이른 자신 또한 하마터면 턱부터 정수리까지를 꿰일 뻔했다.

"평소라면 창이 절대 들어올 수 없는 각도라서 방심했구면. 허허— 그렇다고 쳐도, 같은 남자끼리 사타구니 노리기 있나? 미친 새끼로고."

곤귀는 추이의 도발에 기꺼이 어울렸다.

붕붕붕붕—

묵직한 곤이 물안개를 한껏 끌어모아 회오리치게 만든다.

곤귀는 그 힘을 이용하여 널빤지를 박찼다.

하지만, 추이는 곤귀가 걸어오는 정면승부를 보기 좋게 외면했다.

퉤—엣!

피 섞인 가래침이 허공을 난다.

"!?"

곤귀는 추이가 뱉은 침을 보며 미간을 찡그렸다.

"보기보다 뒤끝 있는 친구구만."

곤귀는 고개를 숙여 추이의 가래침을 피했다.

그러자 추이가 고개 숙인 곤귀를 향해 발길질을 했다.

부웅—

거리가 멀었던 터라 추이의 발길질은 그저 허공을 갈랐을 뿐이었다.

하지만.

후두두두둑!

추이의 바짓단에 줄지어 꿰여 있던 마름쇠들이 우르르 쏟아져 나왔다.

"이런 미친!"

곤귀의 얼굴에 처음으로 당혹감이 어렸다.

그는 자리에서 펄쩍 뛰어 뒤로 물러났고 곤을 휘둘러 마름쇠들을 걷어 냈다.

바로 그 순간.

추이는 허공으로 뛰어 공중제비를 돌았고 다시 한번 발길질을 날렸다.

그곳에는 아까 뱉었던 가래침이 아직 허공을 날고 있던 중에 있었다.

뻐-억!

추이의 발등에 맞은 가래침이 지면을 향해 떨어져 내렸고 이내.

…철썩!

곤귀의 얼굴에 정확히 맞았다.

"큭!?"

곤귀는 황급히 눈을 감았다.

치지지지지직……

맵다.

침이 맵다.

저놈의 침은 이상하리만치 따갑고 고통스러웠다.

마치 침 그 자체가 맹독이라도 되는 듯.

부웅―

곤귀는 눈을 비비면서도 곤을 휘둘렀다.

하지만 추이는 유령 같은 움직임으로 곤귀의 곤을 피해 거리를 좁혀 왔다.

그 모습은 흡사 물안개 속의 악령을 보는 것 같았다.

"창잡이가 거리를 좁히면 어쩌자는 거냐!"

곤귀는 정면으로 달려드는 추이를 향해 무릎을 들어 올렸다.

그 순간. 추이가 창을 놓아 버린다.

'창잡이가 창을 버려!?'

곤귀가 경악하는 순간.

뻐―억!

추이는 곧바로 품속에서 망치를 꺼내 들어 곤귀의 무릎을 내리찍었다.

"꺼윽!?"

곤귀는 황급히 다리를 뒤로 물렀다.

피하기는 했지만 스쳤다.

어린 시절 성장통에 잠 못 이루던 밤처럼, 무릎이 미친 듯이 시큰거리고 있었다.

…척!

추이는 허공으로 날아갔던 창을 다시 잡아챘다.

잘 보니 창대의 중앙에는 반투명한 잠사가 이어져 있었고 그 반대쪽 끝이 추이의 손목에 단단히 휘감겨 있는 것이 보인다.

"……."

곤귀는 미간을 찡그렸다.

보통 무기를 든 자는 무기에만 의존하기에 모든 동작이 무기를 중심으로 돌아갈 수밖에 없다.

그리고 무기를 다루게 되면 꼭 신체 중에 노는 부위가 나오게 된다.

가령 칼을 오른손으로 휘두르게 되면 왼손이 놀고, 창을 두 손으로 잡으면 반드시 한쪽 다리가 놀게 되듯 말이다.

……하지만 눈앞의 적은 달랐다.

이 마구간지기 소년은 전신이 흉기였다.

체면과 형식 따위는 개나 줘 버린, 신체의 모든 곳에서 암기들을 쏟아 내고 동작 하나하나가 살상에만 그 목적을 두고 있는 것들이다.

마치 칠흑 같은 밤에 벌어지는 참호전, 진흙 구덩이 속의 아귀다툼, 그 안에서 불특정다수를 살상하기에 최적화된 살인병기를 보는 듯했다.

"어디서 튀어나온 악귀나찰이냐!?"

곤귀가 버럭 소리 질렀다.

그의 표정에 여유라는 것은 이미 옛저녁에 사라져 있었다.

까—앙!

창과 곤이 외줄다리의 중앙에서 한데 맞부딪쳤다.

꾸드득······

냉병(冷兵)과 냉병(冷兵)의 힘겨루기.

날카롭게 날을 세운 두 이빨 끝이 한 치의 양보도 없이 맞물려든다.

그때. 추이의 입이 열렸다.

"창은 예로부터 백병지왕(百兵之王)이라 했다."

"······."

"곤은 창에서 날이 빠져 버린 아류일 뿐이지."

어느새 피처럼 붉게 물든 추이의 시선은 곤귀의 눈알에 박혀 그 안쪽의 뇌까지 꿰뚫고 있었다.

"마치 이빨이 다 빠져서 사도련의 개로 전락한 네놈처럼 말이야."

"개새끼가!"

곤귀가 역린을 곤두세웠다.

터—엉! 까가가가가각!

힘겨루기를 하고 있던 창끝과 곤끝이 서로 엇갈려 지나간다.

동시에.

······! ······! ······!

서로의 끝이 서로의 지척을 파고들었다.

…퍼억!

한 끝은 닿았으되, 한 끝은 닿지 못했다.

불과 한 끗의 차이였다.

꿈결같은

창에는 상모(象毛)라는 것이 있다.

창날과 창대가 이어진 부분을 긴 끈, 짐승의 털, 종이 등을 이용해 장식해 놓은 것이다.

물론 단순한 미관용은 아니고, 창날의 혈조(血槽)를 따라 흘러내린 핏물이 창대를 적셔 미끄럽게 하는 것을 방지하기 위함이다.

추이가 휘두르는 묵창은 세게 휘두를 시 탄성을 받아서 휘게 되는데, 이때 상모까지 빙글빙글 돌아가고 있으면 적은 창날이 최종적으로 꽂히게 되는 지점을 예측할 수가 없다.

이 간단한 교란 동작에 지금껏 수많은 고수들이 불귀의 객이 되어 황천을 유랑하는 신세가 되었던 것이다.

……하지만.

곤귀는 달랐다.

그는 한때 창술의 대가로 이름 날렸던 인물.

추이가 사용하는 수법을 꿰뚫어 보지 못했을 리 없었다.

곤귀는 짐짓 추이의 교란에 당한 척 연기했다.

휘어진 창대가 원래대로 돌아오는 순간.

눈을 뱅글뱅글 현혹시키던 상모가 가라앉는 순간.

그리고 창날의 끝이 자신의 목을 향해 작렬하는 순간.

이 삼박자가 모두 제때 맞아 떨어지는 찰나의 바로 그 순간.

곤귀는 곤의 손잡이 아래로 흘러내린 핏물에 손이 미끄러진 척하며 몸을 살짝 물렸다.

그리고 창이 자신의 품속 깊이 들어오도록 유인한 뒤, 한 박자 늦게 곤을 뻗어 되치기를 먹였다.

…키리릭!

곤귀의 체중이 실린 곤은 핏물에 의해 옆으로 미끄러지며 창이 들어오는 궤도의 바로 밑을 파고들었다.

퍼-억!

선혈과 살점이 뒤섞여 튄다.

불과 한 끗 차이로, 창과 곤은 서로 다른 과녁을 때렸다.

"……."

"……."

추이의 창이 곤귀의 왼쪽 팔을 어깨까지 통째로 날려 버렸다.

곤귀의 곤은 추이의 아랫배 깊숙이 틀어박혔다.

"이겼구먼."

곤귀가 다리 아래로 멀어져 가는 자신의 팔을 내려다보며 허허 웃었다.

…쿵!

곤이 회수되고, 추이는 앞으로 고꾸라졌다.

되치기가 제대로 걸렸다.

곤귀는 왼팔을 잃은 것에 불과하나, 추이는 배 속의 오장육부가 모두 터지고 찢어졌다.

결국에는 서 있는 쪽이 이긴 것이다.

"믿을 수가 없구나. 열다섯도 안 되어 보이는 아해가 어찌 이런 고강한 무공을…… 마도가 키워 낸 물건인가?"

곤귀는 기침을 하며 몇 움큼의 피를 토해 냈다.

그리고 다시 한번 곤을 들어 올리려는 찰나.

부스스……

추이가 몸을 일으켰다.

마치 유령처럼.

"……!?"

곤귀는 눈을 휘둥그렇게 떴다.

눈동자가 없는 흰색 일색의 눈알에 경악의 빛이 번들거린다.

"어, 어떻게 일어선 거냐?"

"……."

추이는 말이 없다.

곤귀는 그제야 추이의 기백에서 벗어날 수 있었다.

이성이 어느 정도 회복되자 적의 상태가 객관적으로 관측된다.

산송장.

말 그대로, 숨만 붙어 있는 상태.

추이는 당장 죽어도 이상하지 않을 몸 상태로 서 있었다.

어쩌면 그저 정신력에만 의지하고 있는 것일지도 모른다.

곤귀는 진심으로 감탄했다.

나이와 무공의 고하를 떠나 인정하지 않을 수 없는 기백이지 않은가.

"무엇이 너를 일으켜 세운 것이냐?"

곤귀는 추이를 향해 물었다.

"돈? 자존심? 투지? 약속? 우정? 사랑? 무어냐. 너를 움직이는 게."

그러자, 닫혀 있는 추이의 입이 열렸다.

"공포."

"……?"

뜻밖의 대답에 곤귀의 말문이 막힌다.

추이는 말을 이었다.

"죽으면 어디로 가게 되는지 알아?"

눈앞에는 곤귀가 아닌 다른 것이 보인다.

추이는 지금 자신의 단전 속 깊은 곳에 있는 심상세계를 들여다보고 있었다.

검은 못. 추위와 어둠, 고독만이 존재하는 영겁의 무저갱.

그 밑에서 아귀처럼 득실거리고 있는 시뻘건 창귀들.

그것들은 살아생전의 기품, 위엄, 체면 따위는 까맣게 잊어버린 채 그저 짐승처럼 우짖는다.

그 꼿꼿하던 조양자조차도 심층 저 아래에서 개처럼 울부짖고 있는 것이 보였다.

추이가 말했다.

"죽은 뒤 저 꼴이 될 것을 생각하면 눈이 안 감겨."

"큭큭큭— 무슨 헛것을 보고 있는 것이냐."

곤귀는 애써 웃었다.

하지만 그의 입꼬리는 올라갔으되, 눈꼬리는 그렇지 못했다.

오싹 끼쳐 오는 소름.

혈관이 수축해서일까?

잘려 나간 왼팔의 절단면에서 피가 절로 멎는다.

'저 야차 같은 놈도 겁낼 만한 무언가가 있는 건가? 죽음 뒤에는?'

곤귀는 궁금해졌다.

눈앞의 추이가 대체 어떤 과거를 가지고 있을지.

하지만 그것은 결코 해결될 수 없는 호기심이기도 했다.

어차피 이 자리에서 둘 중 하나는 죽을 테니까.

따—앙!

또다시 곤과 창이 격돌했다.

곤귀는 하나 남은 팔을 휘둘러 곤을 내리찍었고 추이는 간신히 창을 들어 그것을 막았다.

…펑!

파공성과 함께, 추이가 뒤로 밀려났다.

곤귀는 그런 추이를 바짝 따라붙었다.

회복할 시간을 조금도 주지 않을 심산이었다.

"……."

추이는 창을 고쳐 쥐었다.

그리고 오로지 창의 무게만으로 그것을 위에서 아래로, 던지듯 내질렀다.

좌우로 피할 공간은 없다.

위태롭게 흔들리는 외줄다리 위, 곤귀는 최후의 승부수를 띄웠다.

핏—

추이의 창이 곤귀의 하나 남은 손을 스쳤다.

순간, 추이의 귓가에 예전 흑도방을 치기 전에 만났던 노야의 목소리가 어른거렸다.

'너무 짧은데. 일 장(丈)은 넘어야 써.'

'그런 건 군부대나 가야 있어. 이게 제일 긴 거야.'

짧았다. 아주 미세하게.

추이가 던진 창은 본디 곤귀의 손목을 자르려 했으나, 그저 스쳐 지나가는 것에 그쳤다.

창이 짧아서 생긴 불운이었다.

후둑— 툭—

곤귀의 오른손에서 손가락 두 개가 수줍게 잘려 나갔다.

곤에 감겨 있던 검지와 중지가 외줄다리 아래의 물안개에 집어삼켜진다.

하지만 곤귀는 잡고 있던 곤을 놓치지 않았다.

…꽈드득!

엄지, 약지, 소지. 세 개의 손가락이 뱀처럼 곤을 휘감고 단단히 조인다.

그렇게 말아 쥔 곤을, 곤귀는 추이의 옆구리에 다시 한번 때려 박았다.

떠—걱!

느낌이 왔다.

갈빗대가 모조리 부러졌다.

추이의 창은 곤귀의 하나 남은 손에서도 두 개의 손가락을 앗아 갔으나, 곤귀의 곤은 추이의 몸통에 있는 모든 뼈를 죄다 으스러트렸다.

내장이 초토화되고 뼈가 완파되었으니 이번에는 즉사를 면할 수 없을 것이다.

곤귀는 그렇게 생각했다.

그러나.

"……음!?"

이변이 벌어졌다.

곤귀는 자신의 시야가 까맣게 타들어가는 것을 느꼈다.

"쿨럭!"

추이가 밧줄을 붙잡은 채 일어났다.

그의 입에는 마름쇠 몇 개가 물려 있었다.

추이는 격돌 직전, 곤귀의 눈을 향해 마름쇠 하나를 뱉어 냈던 것이다.

뾰족한 이쑤시개로 밥알의 표면을 아주 살짝 깎아내는 것처럼, 마름쇠는 곤귀의 오른쪽 눈알 표면을 아주 살짝 깎아내고 지나갔다.

본디 눈이라는 것은 너무나도 섬세하고 유약한 기관인지라, 각막의 겉 표면을 살짝 깎아낸 상처만으로도 한동안은 제 기능을 다하지 못한다.

퉤-엣!

추이는 입에 물고 있던 마름쇠들을 핏물과 함께 마저 뱉어 냈다.

"으으으! 이 미친놈!"

곤귀는 눈앞에 있는 추이로부터 물러났다.

이제 상대의 모습이 달리 보인다.

처음 만났을 때는 흥미가 가는 꼬맹이.

두 번째 만났을 때는 제자로 삼고 싶을 정도의 기재.

방금 전까지만 해도 호적수라 부를 수 있는 강호의 후배.

하지만 이제는. 이제는…….

너덜거리는 몸으로 시뻘건 피를 뿜으며, 창과 마름쇠를 흩뿌리는 저것을 대체 무어라 표현해야 할까?

곤귀는 저도 모르게 뒷걸음질 쳤다.

그리고 그 사실을 자각할 틈도 없이 외쳤다.

"그, 그만! 그만 오란 말이다!"

임자(壬子)의 적. 천적(天敵).

침상에 누워 편안하게 늙어 죽고 싶다던 막연한 기대는 바로 이 순간 산산조각으로 부서져 나간다.

"너는 오늘 여기서 죽는다."

추이의 말은 마치 지옥에서 내려오는 판결처럼 들렸다.

곤귀는 오랜 세월을 살아온 연륜과 경험, 그리고 타고난 직감으로 추이의 말이 곧 사실이 되리라는 것을 예지했다.

하지만 하나의 생물로서 타고난 가장 강한 본능인 생존욕구는 그 사실을 필사적으로 외면하고 있었다.

"으아아아아!"

곤귀는 곤을 휘둘렀다.

마름쇠들이 이마와 눈, 가슴팍과 어깨에 박혀 드는 것도 아랑곳하지 않은 채, 추이를 향해 달려들었다.

그때, 추이가 옷을 벗었다.

퍼—엉!

허름한 옷자락이 휘둘러지며 곤귀의 곤끝을 잡아챘다.

곤의 궤도가 미세하게 비틀리는 순간.

"뒈져라! 마귀야!"

곤귀는 곤을 놓아 버렸다.

최후의 수단으로 택한 투곤(投棍).

하지만 그 전략은 주효했다.

추이는 창의 공격 궤도를 수정해서 곤을 막으려 했지만 상대가 곤을 던질 것까지는 예상하지 못했는지 대응이 늦었다.

파앗!

추이의 창은 허공을 가르며 날아가 물안개 너머로 헛되이 사라져 버렸다.

그리고 곤은 추이의 머리를 때린 뒤 그대로 절벽가에 깊숙이 박혔다.

"흐…… 흐하하하하하!"

곤귀는 웃었다.

피로 물든 이빨을 드러내 보이며 미친 듯이 웃어 젖혔다.

이겼다. 이제는 이겼다. 정말로 이겼다.

저 미칠 듯 끈질기던 악귀도 이제는 소생하지 못할 것이다.

보아라, 그 증거를. 저 악귀가 쓰러졌다. 머리를 감싸 쥔 채 푹 주저앉았다.

"크하하하하하하! 그래! 거기 딱 주저앉아 있어라! 일 장에 때려죽여 주마!"

곤귀는 하나 남은 손을 들어 올렸다.

비록 세 개 밖에 남지 않은 손가락이지만 송장 신세만 겨우 면한 놈을 때려죽이지 못할 이유가 없다.

곤귀는 광소를 터트리며 추이에게로 돌진했다.

……아니, 돌진하려 했다.

"엇!?"

최후의 일격을 먹이기 위해 달려 나가던 곤귀는 몸을 멈췄다.

하나 남은 눈이 부릅떠진다.

뭔가 이상했다.

추이가 도망가고 있었다.

분명 추이는 머리를 감싸쥔 채 주저앉아 있는데, 그럼에도 불구하고 뒤로 빠르게 멀어진다.

지금 이 순간에도 엄청난 속도로 자신으로부터 도망치고 있는 것이다.

"뭣……!?"

곤귀는 빠르게 이성을 되찾았다.

그리고 현 상황을 파악했다.

다리가 끊어졌다.

마지막에 추이가 던진 창은 위태롭게 흔들거리고 있던 밧줄다리의 마지막 줄을 끊어놓았다.

그리하여 두 절벽 사이를 이어 주고 있던 다리는 두 동강이 난 채 각자의 방향을 향해 갈라져 낙하하고 있는 것이다.

공교롭게도, 양쪽으로 갈라지는 다리의 끝에 각각 추이와 곤귀가 있었다.

"큭!"

곤귀는 인정해야 했다.

지금은 적의 목숨을 끊어 놓는 것보다 제 살 길을 모색하는 편이 현명하다.

어차피 추이는 저 상태로는 도망가지 못한다.

끊어지는 다리와 함께, 맥없이 절벽 아래로 떨어져 죽을 것이다.

곤귀는 이 전투의 승리자를 자신으로 잠정 인식했다.

그래서 서둘러 몸을 돌렸고, 낙하하는 다리의 널빤지들을 밟고 반대편 절벽가를 향해 뛰기 시작했다.

……바로 그 순간.

오싹—

본능이 또다시 곤귀의 뒷목을 쭈뼛하게 간질인다.

하지만 이성은 곤귀의 얼굴을 그대로 정면을 향해 고정시켜 놓았다.

'설마.'

다리가 양쪽으로 끊어지고 있는 판국인데 그 와중에도 뒤

돌아 도망치는 상대를 공격하려 드는 인간이 이 세상에 어디 있겠는가.

상식적으로 생각해 보았을 때, 그것은 말이 안 되는 일이다.

……그러나.

그러나 지금껏 싸워 왔던 저 미친놈이 상식으로 설명이 되는 존재였던가?

곤귀는 뛰었다.

그리고 추락하는 다리의 널빤지를 밟고 뛰어올라 반대편 절벽가를 목전에 두었다.

그 시점에서, 곤귀는 자신이 가까스로 손에 넣은 아주 약간의 여유를 고개를 돌리는 동작에 소모했다.

고개를 돌리고 뒤에 무엇이 있는가를 살핀다.

그렇게 용기를 낸 덕분에 곤귀는 이득 하나를 챙겨 갈 수 있었다.

자신이 무엇에 죽는지, 자기 눈으로 똑똑히 확인할 수 있다는 점 말이다.

"……!"

곤귀가 고개를 돌렸을 때 본 것은 창이었다.

추이가 허공으로 던졌던 창.

그것은 잠사에 휘감긴 채 물안개 저편에서 모습을 드러냈고, 곤귀의 이마를 살짝 찔렀다.

콕—

이마 중앙의 살갗이 살짝 벗겨지며 혈액이 방울방울 새어 나오는 것.

그 일련의 과정들이 아주 느리게 보인다.

곤귀는 위로 향했던 눈알을 다시 정면으로 돌렸다.

그러자 비로소 눈에 들어왔다.

추락하는 다리, 디딜 곳 없는 물안개, 텅 빈 허공.

그곳에 떠서 이쪽을 바라보고 있는 추이의 시뻘건 시선이.

'귀신인 줄 알았는데…… 사람이었구나.'

싸움을 시작하기 전, 처음 마주했을 때와 조금도 달라지지 않은 무표정한 얼굴이.

"아."

곤귀가 입을 벌렸다.

"사람인 줄 알았는데……."

하지만 끝까지 뇌까릴 수는 없었다.

이마의 살갗을 살짝 찌르는 것으로 시작한 추이의 창이.

콰—지지지지지지직!

곤귀의 두개골을 부수고 들어가 그 너머의 절벽까지 꿰뚫어 버렸기 때문이다.

퍼—억!

둔탁한 굉음과 함께, 추이의 창이 절벽에 틀어박혔다.

창날은 곤귀의 머리통을 관통한 뒤 단단한 암반을 꿰뚫고 깊숙이 들어갔다.

만신창이가 된 시체가 절벽 초입에 못 박히게 되었다.

휘이이이이잉……

을씨년스러운 바람이 불어 곤귀의 시체를 좌우로 까딱까딱 밀어 움직인다.

그리고 그 밑에서.

"휴우ㅡ"

추이가 묵은 한숨을 토해 냈다.

곤귀의 머리를 뚫고 박힌 창대에 잠사가 늘어졌다.

피가 흘러내려 시뻘겋게 변한 잠사를 잡고, 추이는 천천히 절벽을 올라왔다.

'……상태가 별로 안 좋군.'

추이는 자신의 몸을 점검했다.

머리는 깨졌고 내장은 성한 곳이 없었다.

갈비뼈가 모조리 부러졌고 두 다리 역시도 산산조각 난 듯한 느낌.

그나마 이렇게 움직일 수 있는 것도 수많은 창귀들을 쥐어짜서 간신히 만들어 낸 생명력 덕분이다.

꾸드드득ㅡ

손바닥에 칭칭 휘감은 잠사가 살을 파고들어 뼈에 걸린다.

추이는 이를 악물고 실을 손에 휘감았고 절벽 위로 기어올랐다.

…쿵!

추이는 절벽가 위에 나동그라졌다.

추적추적. 비가 내리기 시작했다.

점점 굵어지는 빗방울은 절벽에 못 박힌 곤귀의 시체를 씻어 내린다.

추이 역시 몸을 절여 놓고 있는 핏물이 서서히 빠져나가는 것을 느꼈다.

어느덧, 추이의 눈동자가 다시 검은색으로 돌아왔다.

"……."

추이는 몸을 일으켰다.

내장이 터지고 뼈가 부러졌지만 죽지는 않았다.

죽지만 않는다면 결국에는 회복할 수 있다.

그것이 바로 불가사의의 마공 창귀칭이었으니까.

'홍공. 그자도 마지막까지 희망을 놓지 않았었지.'

추이는 자신을 가르쳤던 혈마의 얼굴을 머릿속에 떠올렸다.

머나먼 변방의 전장까지 쫓겨 온 그가 반신불수가 된 몸으로도 복수를 꿈꿀 수 있었던 것은 다 창귀칭의 불가사의한 회복력 덕분이었다.

쏴아아아아아……

비가 미친 듯이 쏟아진다.

절벽가에도 황토색의 폭포가 생겼다.

추이가 겨우겨우 상반신을 일으키는 순간.

콰릉!

하늘에서 번개 한 줄기가 떨어져 내렸다.

공교롭게도, 그것은 절벽에 박혀 있던 흑창 위로 떨어졌는데 그 때문에 곤귀의 시체는 불에 바짝 탄 목내이(木乃伊)가 되어 버렸다.

…쿠르르릉!

절벽이 무너져 내린다.

추이는 진흙탕 위를 엉금엉금 기어서 절벽가에서 벗어났다.

그때.

우—우우우우……

무너져 내린 절벽 아래에서 무언가가 움직인다.

곤귀.

평범한 수(手)와 상식적인 단(段)으로는 절대 이기지 못했을 강적.

그것이 추이의 앞으로 다시 모습을 드러냈다.

온몸이 시뻘겋게 물든 그는 무시무시한 눈빛으로 진흙탕 위에 서서 추이를 노려보고 있었다.

하지만 추이는 곤귀의 부활에도 그다지 놀라지 않았다.

"곤귀 구강룡."

추이는 손을 뻗었다.

그러자 곤귀가 움찔한다.

절정고수.

능히 한 지역의 패자를 자처할 수 있는 극강의 무인.

한때 단신독보로 전 무림을 오시하며 사도 전역을 활개 치던 곤귀.

"곤귀 구강룡."

그가 추이의 부름을 받아 몸을 떤다.

저벅-

곤귀가 절벽에서 기어올라 지상으로 한 발을 내디뎠다.

저벅-

온통 피로 물들어 있는 걸음.

저벅-

그것이 추이를 향해 점점 가까워지고 있었다.

이윽고.

"곤귀 구강룡."

추이가 이름을 모두 세 번 불렀다.

ㅊㅊㅊㅊㅊㅊㅊㅊ……

추이의 앞까지 다가온 곤귀의 망령은 붉은 안개의 형태가 되어 추이의 몸 전신을 통해 흡수되었다.

"후우-"

추이는 긴 숨을 내쉬었다.

절정고수급의 창귀가 추이에게 붙었다.

이 녀석을 길들이려면 앞으로 시간이 꽤나 소요될 것이다.

'좋은 영약을 얻은 셈이로군.'

추이는 고개를 끄덕였다.

이제 '굴각(屈閣)'에서 '이올(彝兀)'로 넘어갈 수 있는 재료가 마련되었다.

'일단 몸부터 좀 회복하자. 임독양맥은 그 이후에 뚫으면 돼.'

추이는 엉금엉금 기어서 진흙뻘을 벗어났다.

소나무 숲 아래, 마른 솔잎들이 잔뜩 깔려 있는 곳.

이곳은 위에 돋아난 솔잎들이 하도 빽빽하여 빗줄기도 잘 들어오지 않는다.

추이는 마른 솔잎들을 치우고 그 아래의 검붉은 흙을 파고 들어가 마치 두꺼비처럼 웅크렸다.

[히히- 꼴좋다!]

[죽어! 제발 죽어!]

[이대로 파묻혀 죽어라!]

[생매장! 생매장! 생매장! 생매장!]

[눈뜨지마눈뜨지마눈뜨지마눈뜨지마눈뜨지마눈뜨지마……]

심상세계 속의 귀신들이 곡을 한다.

추이의 죽음을 기다리며 고사를 지낸다.

……하지만 그들은 결코 원하는 것을 얻을 수 없을 것이다.

왜냐하면 추이를 증오하는 그것들의 마음이 오히려 추이에게는 몸을 회복시키는 보약과도 같기 때문이다.

시간이 얼마나 지났을까.

퍼―억!

말라붙은 흙과 솔잎들을 뚫고, 손 하나가 올라왔다.

추이가 동면이 끝난 개구리처럼 땅 아래에서 기어 올라오는 것이다.

"또 살아남았군."

이제는 익숙해졌다는 듯한 목소리.

추이는 조용히 몸을 일으켰고 지난밤의 격전지로 향했다.

황혼인지 새벽인지 알 수 없는 하늘은 붉게 익어 노릇노릇하다.

비는 그쳤고 천지는 고요에 잠겨 있었다.

물안개도, 외줄다리도, 그 무엇도 남아 있지 않았다.

언제 그런 것이 있었냐는 듯 절벽은 깨끗했다.

다만, 지난밤 두 명의 사내가 목숨을 걸고 싸웠던 것을 증언하는 증인이 하나 남아 있기는 했다.

흑색의 곤(棍).

길이는 일 장.

기둥은 여섯 개의 각이 져 있는 투박하고도 거친 무기.

곤귀 구강룡이 마지막까지 쓰던 애병이었다.

추이는 절벽가에 박혀 있는 그것을 뽑아 들었다.

…쑤욱!

손에 냉병기 특유의 차가운 기운이 전해져 온다.

전에 쓰던 흑창보다 훨씬 무겁고 단단하다.

표면 역시 수많은 잔흉터들로 인해 까끌까끌 거칠기 짝이 없었다.

이 무시무시한 곤의 위력은 수십, 수백 번 맞아 봤던 추이 자신이 제일 잘 알고 있었다.

"곤은 별로인데. 창날이 필요하겠군."

추이는 곤의 뭉툭한 끝을 바라보며 중얼거렸다.

곤귀 구강룡은 이 곤이 흑철로 만들어졌다고 했다.

그리고 원래의 형태는 창이었으되, 창날이 부러져 나가서 곤이 된 것이라고도 했다.

만약 이 곤이 처음으로 만들어졌을 때의 형태를 온전히 간직하고 있었다면, 추이는 곤귀의 적수가 되지 못했을지도 모른다.

그것은 한때 무림을 자유로이 독보하는 낭인이었다가 마지막에는 사도련의 개로 전락해 버렸던 곤귀 본인 역시도 마찬가지였다.

"……이빨이 빠지면 안 되지."

사람도 그렇고 창도 그렇다.

추이는 곤 끝을 쓰다듬으며 중얼거렸다.

회귀한 이래 처음으로 목숨을 건 사투를 벌였다.

그것은 과거로 돌아온 이후 무의식적으로 해이해져 있었던 자신을 바짝 다그칠 수 있는 기회였다.

이윽고, 추이는 곤을 든 채 절벽가를 떠났다.

외줄다리가 끊어져 버렸기에 돌아가는 길은 멀었다.

고래현으로 돌아가는 절벽가 맞은편의 길에서, 추이는 곤귀가 놓고 간 돈자루를 회수할 수 있었다.

곤귀는 잠깐 내려놓았다가 곧바로 회수할 생각이었는지 돈자루에 아무런 짓도 해 놓지 않았다.

자루 안에는 빗물과 흙, 낙엽이 가득 들어가 있었지만 안에 들어 있는 금원보의 무게 때문에 유실된 것은 딱히 없었다.

추이는 가죽자루 속의 흙탕물과 진흙을 모두 따라 내고는 금원보만 추려서 짊어졌다.

그리고 곤귀가 그랬던 것처럼, 돈자루를 곤 끝에 걸고는 발걸음을 돌렸다.

노래는 부르지 않았다.

고래현에 도착하자 밤이 깊었다.

비가 다시 내리기 시작했다.

빗줄기가 어찌나 굵은지 떨어진 빗방울에 맞아 통증을 느낄 정도였다.

절벅– 절벅– 절벅–

추이는 맨발로 길가를 걷고 있었다.

비가 너무 심하게 오는 밤이라 그런가 주변에 오가는 사람이 한 명도 없다.

추이가 막 골목을 빠져나와 호정문이 있는 대로변으로 향하려 할 때.

뿌직–

곤 끝에 매달려 있던 돈자루가 금원보의 무게를 이기지 못하고 찢어졌다.

왈그랑– 땅그랑– 떼굴떼굴떼굴……

금원보들이 길가에 흩어졌다.

추이가 그것을 주워 담으려고 할 때.

벌컥–

갑자기 골목에 있던 뒷문 하나가 열렸다.

"야! 어떤 새끼가 길에다가 똥을 뿌려!?"

점소이 하나가 쏟아지는 빗줄기 너머로 버럭 소리 지른다.

흙탕물에 빠진 금덩이가 점소이 눈에는 똥덩이로 보였던 모양이다.

"당장 이거 안 줏어 가!? 어딜 감히 남의 만둣집 앞에다가…… 헉!?"

점소이는 소리를 지르다 말고 헛바람을 집어삼켰다.

빗줄기 너머에 으스스하게 서 있는 추이의 그림자를 본 것이다.

"죄, 죄송합니다. 지나가세요. 또, 똥 좀 마려우실 수도 있죠, 네네— 그냥 싸고 가십셔. 제가 내일 아침에 치우겠습니다. 아하— 비가 이렇게 오니 그, 그냥 떠내려가겠네요. 치울 것도 없네 뭐. 하하— 하하하하……."

그러고 보니 점소이의 낯이 익다.

예전에 추이가 호정문에 대해 이것저것 물어봤었던 녀석이었다.

점소이도 추이를 알아봤는지 황급히 제 뺨을 감싸고는 뒷문을 닫아걸었다.

"……."

추이는 바닥에 흩어진 금원보들을 주워 모아 자루에 쌌고 다시 몸을 일으켰다.

차가운 빗물이 몸을 두드리지만 몸은 여전히 뜨겁다.

용광로에서 방금 막 끄집어져 나온 창날이 시뻘겋게 달궈져 있는 것 같은 느낌.

무수히 많은 빗방울들의 두드림에도 몸은 물러지지 않고 오히려 더욱 단단하게 단조되고 있었다.

잠이 온다.

문득 추이는 자신이 비틀거리고 있음을 느꼈다.

온몸을 적시고 있는 피, 흙탕물, 빗줄기.

손에 든 흑색의 곤과 돈자루 역시도 점점 더 무거워진다.

곧 호정문의 뒷문이 눈에 보일 것이다.

담벼락을 넘어 마구간으로 들어가게 되면 제일 먼저 푹신한 건초들 위에 쓰러져 정신없이 한숨 푹 자야겠다.

추이는 그런 생각을 하며 천천히 흙탕물 범벅이 된 길로 나섰다.

바로 그 순간.

"저기요."

추이의 발걸음을 붙잡는 존재가 있었다.

빗줄기 사이로도 또렷하게 들려오는 청음(淸音).

과거로 돌아온 뒤, 피로 얼룩진 기억에 새롭게 덧입혀진 목소리.

추이는 젖은 고개를 들어 골목 사이를 바라보았다.

"……."

호예양이 그곳에 서 있었다.

호예양. 그녀는 밤이 깊도록 잠에 들지 못하고 있었다.

"후우……."

침대에서 일어나 앉은 그녀는 호롱불을 찾아 켰다.

곤귀 구강룡. 그의 방문으로 인해 호정문은 또다시 자금난에 빠지게 되었다.

호질표국 표사들이 목숨 바쳐 벌어 온 돈을 곤귀는 마치 쌈짓돈 털어 가듯이 가져가 버렸고, 이는 고스란히 호정문이 감당해야 할 설움이 되어 버린 것이다.

무림(武林)이든 유림(儒林)이든, 사람 사는 곳이 다 그런 것 아니겠나.

약자는 강자에게 잡아먹히고 강자는 더 강한 자에게 잡아먹히는.

이것이 약소 문파의 운명이다.

심지어 호정문은 자신들보다 약한 자를 잡아먹는 것을 지양하는 곳이기에 타격이 더욱 극심했다.

'아버님이 가엾어.'

호예양은 자신을 위해 칼을 뽑아 들었던 호연암을 떠올렸다.

결국 아버지는 호정문의 식솔들을 위해 분을 참고 고개를 숙였다.

자칫 잘못했다면 대를 이어 내려온 호정문이 순식간에 핏물에 잠겨 사라질 수도 있었으니 어찌 보면 당연한 일이기도 했다.

결국. 모든 것은 힘의 논리였다.

선(善)한 자는 약하면 안 된다.

강해야만 자신의 선(線)을, 신념을 관철할 수 있는 것이다.

드르륵—

호예양은 책상 옆의 서랍에서 문서 하나를 꺼내 들었다.

무림맹(武林盟)-등천학관(登天學館) 합격·통지서

그녀의 손에 들린 것은 저 멀리, 무림맹에서 보내온 서찰이었다.

등천학관.

그곳은 아홉 개의 파(九派)와 한 개의 방(一幇), 그리고 다섯 개의 세가(五代世家)로 이루어져 있는 '정도십오주(定道十五柱)'의 중심 연합체인 무림맹에서 직속으로 운영하는 학관이다.

십육 세에서 십팔 세까지의 청년들이 입학하게 되어, 약 팔 년간의 수행을 통해 강호를 이끌어 나갈 차세대 인재로 거듭나게 되는 기관.

이곳에서 체계적인 지원을 받게 되면 고수로 거듭나는 것은 기정사실이며 졸업 이후에는 무림맹에 남을 수도, 원래 몸담고 있던 곳으로 돌아갈 수도 있다.

호예양은 예전에 부모님 몰래 무림맹에 방문해서 등천학관의 입학시험을 치른 적이 있으며 최근에 그 결과를 통보받게 된 것이다.

"후우……."

호예양의 한숨에 촛불이 호롱호롱 흔들린다.

"설마 덜컥 합격해 버릴 줄이야."

다른 세가의 후기지수들이 들으면 기절할 말이다.

등천학관이라면 다들 못 들어가서 안달이 난, 명실공히 정파무림 최고의 지도층 양성소이니까.

등천학관에서 일 년에 한 번 열리는 지(智), 덕(德), 체(體) 시험에서 호예양은 거의 만점에 가까운 점수를 받았다.

이런 명예로운 성과를 거둬 냈음에도 불구하고 그녀가 한숨을 쉬고 있는 이유는 딱 하나였다.

등록금.

등천학관의 등록금은 어마어마하게 비싸기로 이름 높다.

하기야. 애초에 이곳에 지원하는 인재들은 각 문파나 세가에서 작정하고 키워 낸 인재들인 만큼, 등록금 따위는 애초부터 고민할 요소 자체가 안 되는 것일지도 모른다.

호예양 역시도 등록금 액수가 부담은 되지만 만약 입학할 수만 있다면 부모님이 기뻐하실 것이라 판단했었다.

학관을 졸업하고 돌아온 자신이 무림맹에서의 경험을 바탕으로 가문을 크게 일으킬 수도 있을 테니까.

하지만.

조가장과 흑도방의 방해에 나날이 기울어 가던 가세는 이번 곤귀의 수탈로 인해 완전히 꺾여 버렸다.

돈. 그것이 문제였다.

"……."

호예양은 등천학관에서 온 합격 통지서를 가만히 내려다 보다가 그것을 구겨 버렸다.

그러고는 이 사실을 굳이 부모님께 말씀드리지 않기로 결정을 내렸다.

'그래도 아쉽긴 하네.'

그녀 역시도 무림맹에 가고 싶었다.

등천학관에 입학해서 더 넓은, 더 높은 풍경을 보고 싶었다.

하지만 지금 그녀가 처해 있는 상황에서는 힘든 일이었기에, 호예양은 얼른 미련을 털어 버리기로 했다.

시원한 밤공기를 맞으며, 좋아하는 만두라도 하나 야식으로 사 먹으면 기분이 좀 나아지지 않을까?

᠅

"……나아지긴 개뿔."

호예양은 난처한 표정으로 골목에 들어섰다.

쏴아아아아아아ー

아무도 없던 대로를 걷던 중 난데없이 비가 쏟아지기 시작했기 때문이다.

"봉아! 일단 저기로 들어가서 비 좀 피하자꾸나!"

그녀는 애마(愛馬)의 고삐를 당겼다.

야식을 사 먹으러 자주 가던 만둣집은 문을 닫아걸고 있었다.

시간도 늦었거니와, 무엇보다 장차 며칠간은 쏟아질 기세로 내리는 비 때문일 것이다.

호예양은 서둘러 처마 밑으로 들어갔다.

그러고는 흙벽에 기대어 비를 피했다.

꾸우욱―

젖은 옷을 비틀어 물기를 짠다.

그녀는 이마를 타고 흘러내리는 빗물을 닦아 내며 작게 한숨을 쉬었다.

아쉬움을 달래러 밤 산책을 나왔다가 이게 무슨 봉변이란 말인가.

푸히힝―

옆에서 말이 웃는다.

녀석은 시원하게 내리는 빗줄기가 마음에 드는 듯, 개운한 표정으로 갈기를 털어 댔다.

"봉이 너어, 언니는 홀딱 젖었는데 혼자만 기분 좋기냐?"

호예양은 말의 엉덩이를 한 대 찰싹 때리며 웃었다.

바로 그때.

골목 저편에서 사람 목소리가 들려온다.

"야! 어떤 새끼가 길에다가 똥을 뿌려!?"

자주 가던 만둣집의 점소이 목소리다.

덩치도 크고 인상도 괄괄하게 생긴 사람인지라 누구와 싸우고 있는 것이 아닌가 하는 생각이 먼저 들었다.

"당장 이거 안 줏어 가!? 어딜 감히 남의 만둣집 앞에다가…… 헉!?"

하지만. 어둠 너머에서 들려오는 점소이의 목소리는 중간에 확 바뀌었다.

"죄, 죄송합니다. 지나가세요. 또, 똥 좀 마려우실 수도 있죠. 네네— 그냥 싸고 가십셔. 제가 내일 아침에 치우겠습니다. 아하— 비가 이렇게 오니 그, 그냥 떠내려가겠네요. 치울 것도 없네 뭐. 하하— 하하하하……."

뭘까? 뭔데 저 괄괄한 점소이가 쩔쩔매면서 도망갈까?

호예양은 호기심을 느꼈다.

그래서 말을 끌고 골목 뒤로 돌아가 보았다.

그리고, 그녀는 곧 무언가를 마주하게 되었다.

무어라 표현해야 할까, 그것을, 그 새빨간 것을.

어둠 속에 처연하게, 금방이라도 쓰러질 듯 위태로이 서 있는 남자.

온몸은 상처와 피로 얼룩져 있었고 주변에는 피비린내가 진동한다.

젖은 머리카락 끝에서 물기가 뚝뚝 방울져 떨어지고 있었

는데, 그것들 역시도 온통 새빨갛게 물들어 있어서 빗방울인
지 핏방울인지 구분이 가지 않을 정도였다.

"저기요."

호예양은 떨리는 목소리로 입을 열었다.

"사, 사람입니까? 아니면 귀신입니까?"

그러자 새빨간 그림자가 이쪽을 바라본다.

여자인지 남자인지 알 수 없는 작은 키와 여리여리한 체
형.

얼굴은 보이지 않았지만 한눈에 알 수 있었다.

그가 지금 죽어 가고 있는 상황이라는 것을.

이윽고, 그림자가 대답했다.

"보이는 대로."

"그럼 귀신이시군요."

"……."

호예양의 말에 그림자가 입을 다물었다.

그리고 자신의 차림새를 한번 슥 내려다보는 동작을 한다.

'휴— 사람이구나.'

호예양은 두려움이 살짝 가시는 것을 느꼈다.

저자가 정말 피에 미친 마귀였다면 대답은커녕 바로 달려
들었을 테니까.

'그나저나, 어디서 들어 본 목소리인데?'

호예양은 생각했다.

그림자의 목소리는 마치 뜨거운 숯이라도 삼킨 것처럼 쉑쉑− 거칠었고 그마저도 주변의 빗소리에 가려서 잘 들리지 않았다.

하지만 그럼에도 불구하고 그녀는 그림자의 목소리를 어딘가에서 들어 본 적이 있다고 생각했다.

그때.

푸히히힝!

호예양의 애마가 그녀의 생각을 막았다.

"보, 봉아! 왜 그래!"

말은 호예양의 다급한 목소리에도 아랑곳하지 않은 채 몸을 떨어 댄다.

골목 저편에 떠 있는 새빨간 그림자를 두려워하는 것 같았다.

이윽고.

스윽−

그림자가 움직였다.

아마 골목 너머로 가려는 것 같았다.

위태롭게 비틀거리는 발걸음.

금방이라도 픽 쓰러져 죽어 버릴 것만 같은 호흡.

그 모습을 본 호예양은 저도 모르게 말했다.

"잠깐만요!"

그림자가 발걸음을 멈추자, 그녀는 말안장에서 자루 하나를 꺼내 들었다.

획-

호예양은 그림자를 향해 자루를 던졌다.

안에는 상처 난 곳에 바르는 금창약이 들어 있었다.

"비싼 건 아니지만…… 혹시 필요하시면 쓰십시오."

"……."

그림자는 금창약이 든 자루를 움켜쥔 채 말이 없다.

어둠 너머에서 이쪽을 물끄러미 바라보는 시선만이 느껴
질 뿐이다.

호예양은 용기를 내어 말했다.

"무슨 일이 있었는지는 모르겠지만…… 그리고 무림의 은
원에 함부로 끼어들 수도 없지만…… 적어도 눈앞에서 곤란
한 일을 당한 사람을 도울 측은지심 정도는 있습니다. 시, 싫
다면 그냥 바닥에 버리고 가세요."

그러자.

"……."

금창약이 든 자루가 스윽- 하고 어둠 속으로 사라진다.

그러더니.

꿈틀-

그림자가 한번 움직였다.

호예양은 저도 모르게 뒤로 한 발자국 펄쩍 뛰어 물러났
다.

그런 그녀의 앞으로.

…쩔그렁!

묵직한 자루 하나가 떨어져 내렸다.

피가 덕지덕지 말라붙어 있는, 몹시도 수상하게 생긴 가죽
자루였다.

호예양이 황급히 말했다.

"뭐, 뭔가요? 저는 그냥 돕고 싶었을 뿐인데 왜……."

"말에 실어 가라."

하지만 그림자는 그녀의 말이 다 끝나기를 기다려 주지 않
았다.

픽—

그리고 촛불이 꺼지듯, 그렇게 홀연히 사라져 버렸다.

호예양은 쏟아지는 비를 맞으며 잠시 멍하니 서 있었다.

"……뭐지?"

약간의 시간이 지난 뒤에야 그녀는 조심스럽게 움직일 수
있었다.

피비린내가 진동하는 가죽 자루.

저 안에 무엇이 들어 있을까?

호예양은 가늘게 떨리는 손을 뻗었다.

안에 어떤 끔찍한 것이 있을지 몰라 눈을 가늘게 뜬 채로,
그녀는 자루의 입구를 확 열어 보았다.

"흐윽!"

확 풍겨 오는 피비린내에 그녀는 잠시 뒤로 물러났다.

무언가 위험한 것이 들어 있는 것 같으면 바로 도망칠 생각에서였다.

하지만.

"……!"

자루 안에 담겨 있는 것은 그녀의 두 눈을 휘둥그렇게 만들어 놓을 만한 것이었다.

금원보. 그것도 막대한 양의.

호예양은 저도 모르게 자루 안으로 손을 뻗었다.

차갑고 무겁고 피비린내 나는 이것은 분명 돈이 틀림없었다.

"이건…… 이건 분명 우리 호정문의……?"

그녀는 멍한 표정으로 자루 안쪽을 들여다보았다.

그 안에는 곤귀가 호정문에서 빼앗아 간 금원보들과 그 외의 다른 금자, 은자들이 가득했다.

심지어 출처가 조가장과 흑도방인 것처럼 보이는 전표들도 상당수 섞여 있는 것이 보였다.

호예양은 직감할 수 있었다.

이것은 곤귀 구강룡의 돈자루다.

그리고 이 돈자루의 원래 주인은 죽었다.

어둠 저 너머로 피에 절은 발자국 소리가 들려온다.

저벅―

지치고.

저벅─ 저벅─

외로우며.

저벅─ 저벅─ 저벅─

아프고.

저벅─ 저벅─ 저벅─ 저벅─

고독한.

호예양은 저도 모르게 자리에서 일어났다.

그리고 몸이 비와 흙탕물에 젖는 것도 모른 채 발자국 소리를 뒤쫓아갔다.

하지만.

"……."

소리가 사라진 곳에는 아무것도 없었다.

그저 처절한 각혈의 흔적만이 빗물에 천천히 씻겨 내려가고 있었을 뿐이다.

혈채(血債)

추이는 빗물로 얼굴을 씻어 냈다.

피비린내는 어느 정도 씻겨 내려갔지만 여전히 몸 상태는 처참했다.

담벼락을 넘어온 추이는 다리의 고통을 억누르고 마구간으로 걸어갔다.

삐걱……

마구간의 문이 열리자 뜻밖의 얼굴이 보였다.

"추이야아아아-!"

우동원. 그가 추이를 향해 소리를 지르며 뛰어오고 있었다.

추이는 미간을 찡그렸다.

'……그냥 죽일까?'

지금은 몸 상태가 너무 나빠서 적당히 봐줄 수가 없다.

또 시비를 걸어온다면 살수를 쓸 수밖에 없는 일이었다.

하지만.

"야야야! 너 어디 갔었냐! 너 줄라고 챙겨 왔던 떡이랑 고기 다 식었…… 어? 너, 너 몸이 왜 이래!?"

우동원은 비틀거리고 있는 추이의 몸을 잡으며 호들갑을 떨었다.

이윽고, 그는 뒤에 있던 마구간지기 소년들을 향해 소리쳤다.

"야! 뭐 차라도 좀 끓여 와! 찬 물수건도 좀 가져오고! 애 몸이 펄펄 끓는다! 약 가진 놈 있냐!?"

갑자기 이상하리만치 친절해진 우동원을 보며 추이는 고개를 갸웃했다.

그러자, 우동원이 추이에게 어깨동무를 걸며 말했다.

"너 어디 밖에 싸돌아다니다가 맞고 돌아왔구나? 그치. 그 맘 안다. 역시 세상은 무섭지? 호정문이 최고지? 잘 돌아왔어. 그동안 괴롭혀서 미안했다. 그것 때문에 도망갔던 거라면 이제 그런 일 절대 없을 거야. 네가 내 목숨 구해 줬잖냐. 나도 은혜를 아는 놈이다. 앞으로 너 마구간 생활 쫙 편 줄 알아!"

추이는 우동원이 무슨 말을 하는지 하나도 알아들을 수 없었다.

하지만 우동원과 마구간지기 소년들이 따듯한 차를 내오고 이마에 차가운 물수건을 올려 주는 동시에 푹신한 침상까지 양보해 주는 것은 꽤 마음에 들었다.

푹—

추이는 바싹 마른 침상에 누웠다.

건조한 짚더미를 엮어 만든 침상에 푹신한 이불을 깔고 누우니 마치 깊은 강물 속으로 침잠해 들어가는 느낌이 든다.

옆에서 우동원이 추이의 몸상태를 보며 분노를 터트렸다.

"아이구, 아주 호되게 당했네! 온몸의 뼈가 다 부러졌어! 누가 이래 놨냐? 저 아랫마을 삼구 패거리냐? 아니면 윗고을 칠득이파? 어떤 새끼들이 우리 막내를 이 꼴로 만들어 놨어!? 당장 전쟁이다!"

"조용히 하고. 끓인 물이나 이리 가져와 봐라."

"어! 그렇게 할게! 근데 이 새끼…… 말이 여전히 좀 짧네? 에이— 뭐 그래! 싸나이가 일관성이 있어야지! 오히려 좋다!"

우동원은 추이를 향해 엄지를 치켜세웠다.

그러고는 추이가 부탁한 끓는 물을 가지러 밖으로 나갔다.

"……"

그동안 추이는 눈을 감고 자신의 상태를 점검했다.

굴각의 십 층계.

이제 눈앞에는 그다음 경지인 이올로 넘어가는 문이 놓여 있다.

이 문을 열기 위해서는 임독양맥을 뚫고 몇몇 특별한 혈자리를 통해 체내의 피 절반 이상을 빼내야 한다.

'곤귀와 싸우면서 혈자리는 충분히 타통되었고. 피는 과하게 뺀 감이 있군.'

추이는 곤귀를 철저하게도 이용해 먹었다.

자신의 내공이 닿지 않는 혈자리를 곤귀의 손속을 이용하여 뚫었고 해묵은 피는 전투를 치르며 자연스럽게 빠져나왔다.

물론 정상인이라면 절대로 시도하지 않았을 위험천만한 방법이었지만, 추이는 괴물 같은 마공과 가공할 수준의 정신력으로 그것을 뚫어 낸 것이다.

'몇 가지 필수적인 영약은 곤귀의 창귀로 대체한다.'

추이는 단전 속의 심상세계 안쪽을 들여다보았다.

칠흑의 무저갱 깊숙한 곳에 고여 있는 피의 못.

수많은 창귀들이 피눈물을 흘려 만든 붉은 늪 한가운데에 새로운 창귀 하나가 들어앉아 있었다.

얼마 전까지 피 연못 중심부의 주인이었던 조양자를 밀어내고 새롭게 그 자리를 차지한 창귀.

곤귀 구강룡. 그가 유령처럼 가만히 서서 추이를 올려다보고 있었다.

…꾸깃!

추이가 미간을 찡그렸다.

그러자 피 연못 중심부에 도사리고 있던 곤귀의 망령이 찌그러들기 시작했다.

[그아아아아아아아아아악!]

그것은 무시무시한 단말마를 토해 내며 괴로워했다.

그러자 쩍 벌어진 곤귀의 눈, 코, 입, 귀를 포함한 칠공 전체에서 엄청난 양의 피가 뿜어져 나왔다.

그 피는 곧바로 혈관 곳곳을 흐르는 내공이 되어 추이의 뼈와 살을 회복시키고 있었다.

추이가 끊어졌던 혈관 한 가닥 한 가닥을 다시 맞춰서 촘촘하게 잇고 있을 무렵, 우동원이 돌아왔다.

"추이야. 여기 더운 물. 이걸로 몸을 좀 씻자. 아직 몸이 불편할 테니 내가 씻겨 주마."

생각보다 곰살맞은 놈이었다.

남이라고 생각될 때에는 몹시 짜증스럽게 굴되, 일단 자기 사람으로 받아들이게 되자 대우가 그야말로 천지차이다.

추이는 귀찮다는 듯 손사래를 쳤다.

회귀한 이래 가장 많은 말을 하게 만드는 놈이 바로 이놈이 아닐까 싶었다.

"됐고, 주 표두한테 가서 내가 말하는 약재를 좀 얻어 와라."

"어어. 또 뭐 필요해?"

"복령(茯苓), 혈갈(血竭), 시체(柿蒂), 호로파(胡蘆巴), 아마인(亞麻仁), 필징가(蓽澄茄), 용안육(龍眼肉)……."

자잘한 것부터 귀중한 것까지.

추이는 천천히 기억을 더듬어 가고 있었다.

그것들은 모두 홍공이 구해 오라고 시켰던 것들.

추이와 호예양이 발가죽이 벗겨져 피가 나도록 찾으러 다녔던 약재들이었다.

"옥죽(玉竹), 학슬(鶴虱), 천년건(千年健), 옥촉서예(玉蜀黍蘂), 곡기생(槲寄生), 포공영(蒲公英), 남방토사자(南方菟絲子), 일천궁(日川芎), 토천궁(土川芎), 나복자(蘿蔔子)……."

창귀칭의 내력을 몸에 더더욱 잘 스며들게끔 만드는 성질의 한약재들이 줄줄이 열거된다.

말하자면 고기를 양념에 재울 때 연육 작용을 일으키기 위한 보조 재료들이다.

그때, 우동원이 당황하여 외쳤다.

"자, 잠깐 너무 많아! 그것들을 당장 다 어디서 구해 와!?"

"말했잖나. 주 표두에게 가서 얻어 오라고."

"주 표두가 누군데?"

우동원이 고개를 갸웃한다.

추이가 주예화 표두를 지칭하고 있다고는 상상조차 못 하는 모습.

추이가 입을 열었다.

"호질표국의 주예화 표두 말이다."

"아. 주예화 표두. 호질표국의. 아아아. 아아. 아?"

이윽고, 우동원은 펄쩍 뛴다.

"미친놈아! 주, 주, 주 표두님을 그렇게 함부로 부르면 어떡해! 그분은 우리 마구간지기들이 감히 눈도 못 마주치는 분이셔! 내가 어떻게 감히 그분께 가서 약재를 달라고 하겠어!"

"내 부탁이라고 해. 그럼 줄 거다."

"말이 되냐 인마! 어휴, 이 자식 이거. 한 대 때릴 수도 없고."

우동원은 손을 올리려다가 말고 끙끙 소리를 냈다.

하지만 추이는 일관성 있게 같은 주장을 한다.

"내가 보냈다고 하면 내줄 것이다. 어서 가서 받아 오기나 해."

"어휴 진짜……."

우동원은 한숨을 푹푹 쉬었다.

이윽고, 추이가 말하는 약재들을 달달 외운 그는 자리를 털고 일어났다.

"그래. 구명지은을 베푼 은인의 부탁인데. 까짓거 가서 미친놈 소리 한번 듣고 오지 뭐."

우동원은 침실과 연결된 마구간 뒤쪽 후문으로 나섰다.

그리고 고개를 돌려 추이에게 말했다.

"가서 뭐라고 하라고?"

추이는 대답했다.

"쟁자수가 보냈다고 해. 그럼 알아들을 거다."

"……차라리 그냥 마구간지기가 보냈다고 하는 게 낫겠다."

쟁자수가 표두에게 가서 이것저것 뭘 달라고 하는 상황이라니.

우동원으로서는 더더욱 기가 찰 노릇이었다.

일각도 채 지나지 않아, 추이가 말했던 모든 약재들이 대령되었다.

주예화 표두는 우동원을 끌고 약재실로 가 상비되어 있는 약재를 모조리 긁어모아 안겨 주었다.

눈이 휘둥그레진 우동원에게, 주예화 표두는 꼬치꼬치 캐물었다.

'그분은 어떤 분이시니?'

우동원은 어리둥절한 표정으로 되물었다.

'제가 예뻐하고 있는 따까리인데요. 왜 그러십니까?'

그 말을 들은 주예화 표두는 한숨만 푹푹 쉴 뿐이었다.

'아니다. 뭔가 의중이 있으실 게야. 때가 되면 어련히 말씀하시겠지. 가 봐라. 이후 뭔가 필요한 게 있으면 나에게

오고.'

우동원은 당최 이 상황을 이해할 수 없었다.

그는 연신 고개를 갸웃하며 약재들을 들고 와 추이에게 건네주었다.

놀랍게도, 그때쯤 추이는 이미 몸을 일으켜 멀쩡하게 걸어 다니고 있는 상태였다.

추이는 우동원을 보지도 않은 채 말했다.

"내가 나올 때까지 이 방에 아무도 들어오지 못하게 해라. 무슨 일이 있으면 주 표두에게 말하고."

"추, 추이 너…… 대체 뭐 하는 놈이니?"

우동원이 떨리는 목소리로 물었지만 추이는 가뿐하게 대답을 씹어 주었다.

이윽고.

추이는 방문을 닫고 침상에 가부좌를 틀고 앉았다.

츠츠츠츠츠츠츠……

전신에서 검붉은 마기가 끓어오른다.

이 기운은 이 세상에 존재하는 어떤 마공과도 다른 이질적인 기운.

심지어, 굴각의 단계를 넘어 이올의 경지로 올라가기만 해도 창귀칭의 기운은 기존의 것과 전혀 다른 이질적인 것으로 변모하게 된다.

그때쯤 되면 추이를 제외한 그 누구도 이것이 마공인지 알아볼 수 없을 것이다.

'아니. 홍공, 그는 내 무공의 정체를 알아보겠지. 그가 바로 창귀칭의 창시자이니.'

문득, 추이의 생각은 사부였던 홍공에게로 향했다.

그는 지금쯤 어디서 무얼 하고 있을까?

아마 한창 무림맹과 사도련에게 쫓겨 다니고 있지 않을까?

아니면 아직 천마신교(天魔神敎)의 위대한 우신장차사(右神將差使)로서 군림하고 있을까?

추이의 머릿속 기억들이 어지러이 뒤섞인다.

……비 오는 밤의 전장.

……피와 살점이 난무하던 참호전.

……반신불수가 되어 죽어 가고 있던 홍공.

……숯불로 얼굴과 가슴을 지지고 그것을 삼켜 목소리까지 바꿨던 호예양.

피로 물든 계단을 한 걸음 올라갈 때마다 눈앞에 떠오르는 장면들이 바뀐다.

이윽고. 추이는 거대한 문 앞에 섰다.

피와 힘줄, 뼈, 내장들로 이루어진 거대한 문.

이 문 너머에는 더 높은 곳으로 통하는 계단들이 존재한다.

지금까지 올라왔던 계단들과는 감히 비교조차 할 수 없이 크고 높은 계단들이.

하지만 이미 그 계단들을 모두 올라 봤던 추이는 안다.

지금 이것이 시작에 불과하다는 것을.

끼−기기기기기긱……

추이는 문을 열었다.

그리고 그 너머로 보이는 거대한 층계들을 향해 첫 발걸음을 내디뎠다.

그때.

'가는 거야?'

뒤에서 듣기 싫은, 마치 날카로운 것으로 철판을 긁는 듯한 목소리가 들려온다.

추이는 고개를 돌렸다.

그곳에는 과거, 기억 속의 호예양이 서 있었다.

그녀는 일그러진 얼굴과 불타 버린 목소리로 입을 열었다.

'가는구나.'

추이는 입을 다물었다.

그러고는 조용히 고개를 끄덕였다.

그러자 호예양이 웃었다.

일그러진 얼굴이라 잘 보이지는 않았지만, 그와 오랜 시간을 함께한 추이는 알아볼 수 있었다.

'잘 가.'

호예양이 말했다.

추이도 말했다.

'잘 있어.'

입은 뻐끔거렸지만 목소리는 끝끝내 나오지 않았다.

이윽고, 추이가 이올의 문턱을 넘어 첫 번째 층계를 밟는 순간.

…번쩍!

눈이 떠졌다.

추이는 상체를 일으켰다.

검은색 땀이 침상을 완전히 푹 적셔 놓았다.

땀에서는 지독한 오물 냄새와 함께, 여러 가지 한약재들을 한데 섞어 달인 냄새가 났다.

"……."

추이는 자신의 몸을 확인해 보았다.

키가 커졌고 뼈도 굵어졌다.

원래도 흰 빛깔이었던 피부는 더더욱 희게 변했고 몸 곳곳에는 잔근육들이 꽉꽉 들어차게 되었다.

이올(彝兀)의 제일 층계.

이곳에 발을 올려놓음으로써 일류(一流)와 절정(絕頂) 사이 어딘가에 있었던 추이의 경지는 완숙한 절정의 단계에 이르렀다.

그리고 모든 것이 완벽하게 준비되었다는 판단이 들자마자.

…펑!

추이는 침상을 박차고 일어났다.

"다음 차례인가."

몸이 회복되었고 무공의 경지도 높아졌으니 이제 또 일하러 나갈 시간이다.

"진짜배기들만 남았군."

흑도방, 조가장에 이은 세 번째 복수 상대.

추이는 그들의 면면을 머릿속에 떠올리며 마구간의 문을 박찼다.

안휘성의 패자.

오대세가의 정점.

정도십오주(定道十五柱)의 한 축.

바로 남궁세가가 있는 방향이었다.

❈

호정문주 호연암. 그는 아내인 사지원과 대화를 나누고 있었다.

"남궁세가에서 초청장을 보내왔소. 올해는 대연회를 조금 일찍 연다는군."

"대연회요? 안휘성 내의 정도 문파나 세가들을 모두 모으는? 그 초청장을 왜 우리에게 보냈을까요?"

사지원은 의아한 표정을 짓는다.

그도 그럴 것이, 남궁세가의 초청장은 각 현에서 가장 세력이 큰 하나의 문파나 세가에만 보내진다.

지금껏 고래현의 대표는 언제나 조가장이었기에 호정문은 한 번도 남궁세가의 초청을 받았던 적이 없었다.

호연암은 나지막한 목소리로 말했다.

"이번에 조가장이 사라졌잖소. 우리가 그 대신인 셈이지."

"……눈초리가 곱지는 않겠군요."

사지원이 걱정스럽다는 듯 말했다.

조가장은 남궁세가의 먼 친척뻘 되는 가문이었다.

남궁세가의 원로 하나가 조가장의 뒤를 봐주고 있다는 소문 역시도 기정사실이나 다름없었다.

그런 조가장이 하루아침에 멸문지화를 당해 사라져 버렸으니 어부지리 격으로 그 자리를 차지하게 된 호정문의 입장이 사뭇 난처해졌다.

호연암은 한숨을 내쉬었다.

"눈초리가 곱지 않은 정도가 아니오. 혹시 우리가 조가장의 멸문과 무슨 연관이 있을까, 눈에 불을 켜고 조사할 거요."

"우리는 결백하잖아요."

"모르지. 없던 증거도 만들어 뒤집어씌울지. 부인도 아시지 않소. 무림에서는 오로지 힘의 논리뿐이오. 약하면 억울

해도 당할 수밖에 없지."

호연암은 자괴감을 느끼고 있었다.

이 모든 게 자신이 약해서 벌어진 일임을 너무나도 잘 알고 있기 때문이다.

사지원은 그런 호연암의 손을 잡아 주었다.

"너무 걱정하지 마세요. 같은 정도 소속끼리 그렇게까지 할라고요."

"강자들이 약자들에게 가혹하게 구는 것은 고의가 아니오. 강자들에게는 그저 무심코 움직인 작은 몸짓에 불과하나 약자들에게는 그것이 태풍이 되는 것이지. 장난으로 던진 돌에 개구리는 맞아 죽는다고 하지 않소. 내겐 남궁세가가 그만큼이나 크게 보이는구려."

"제 생각에는…… 남궁세가가 안휘성 내의 혈사 이후 뒤숭숭해진 분위기를 가라앉히려고 대연회를 개최하는 것 같아요. 호정문 말고도 다른 현의 모든 문파와 세가들이 다 초청장을 받았잖아요. 그러니 별일 없을 거예요. 오히려 남궁세가에 잘 보여서 이득을 볼 수 있을지도 모르지요."

사지원의 말에도 일리가 있었다.

조가장은 말할 것도 없고, 흑도방 역시도 사파에 속하는 문파이기는 했으나 꽤 큰 규모를 가지고 있었다.

이 두 조직이 하루아침에 연달아 궤멸당했으니 안휘성의 패자인 남궁세가의 입장에서는 어수선해진 분위기를 한번 꽉 잡을 필요가 있을 것이다.

사지원은 계속해서 호연암을 달랬다.

"그리고 그 소문 들었어요?"

"무엇 말이오?"

"그, 예전에 등천학관으로 유학 갔던 남궁세가의 금지옥
엽 있잖아요. 검화(劍華)라고 불린다는."

"아, 남궁율 소저. 그렇지. 남궁 소저가 등천학관에 입학
한 지도 벌써 일 년이 지났군."

"네네. 그 남궁 소저가 이번에 방학을 맞아서 남궁세가로
돌아왔다고 하더라구요."

사지원은 옅은 미소와 함께 말을 이었다.

"그래서 규방의 부인들 사이에서는…… 이번 남궁세가의
대연회는 가주의 딸자랑이 목적이라는 소문이 파다하다고
하더라구요. 무려 등천학관 재학생인 딸이 방학을 맞아서 세
가로 귀환했으니 이번 기회에 다른 사람들에게 쭉 얼굴도 익
히게 하고, 자랑도 하고, 뭐 그런 게 아니냐는……."

"허허허─ 차라리 그런 귀여운 목적이라면 좋겠군. 딸자식
자랑쯤이야 얼마든지 들어 줄 수 있지."

호연암은 비로소 미소를 보였다.

하지만 그의 속마음은 여전히 복잡하기 그지없었다.

구파일방 오대세가.

정도십오주(定道十五柱).

정도를 떠받치고 있는 열다섯 개의 기둥.

남궁세가는 무려 그중 하나다.

멸문당한 조가장은 남궁세가의 먼 방계혈족뻘이었고, 그들이 하루아침에 사라진 것에 대한 반사이익을 누리는 쪽이 바로 호정문이다.

아마도 분명 무언가 압력이 들어올 것임에 분명했다.

호연암은 말했다.

"가서 우리의 결백을 소상히 밝혀야지. 그리고 사도련과 있었던 일도 보고해야겠군. 곤귀 건 말이오."

"네. 그러시는 게 좋겠어요."

사지원 역시도 고개를 끄덕였다.

이윽고, 그들의 대화 주제는 남궁세가로 복귀했다는 검화 남궁율에 대한 것으로 넘어갔다.

"그건 그렇고, 남궁 소저가 이번 대연회의 주인공이 되겠군."

"그럼요. 등천학관에 아무나 들어가나요. 정도십오주에 속하는 곳에서도 난다 긴다 하는 기재들이 입학하는 곳인데. 거기에 집안까지 남궁세가니 단연코 안휘성의 일등신붓감이지요. 벌써부터 들어오는 혼담 행렬만 해도 안휘성 몇 바퀴를 빙빙 두른다나요."

"등천학관이라…… 거기는 등록금과 수업료가 어마어마하다지? 한 생도의 입학부터 졸업까지, 어지간한 중소문파의 사 년 치 운영비가 든다고 들었는데."

"그런 딸자식을 오랜만에 보는 것이니 얼마나 자랑하고 싶을까요 글쎄."

사지원의 말을 들은 호연암이 문득 어두운 표정을 지었다.

"우리 예양이도 사실 남궁 소저에 비해 절대 떨어지지 않는데⋯⋯."

"여보. 그런 말씀은 왜 하세요."

"그냥 그렇잖소. 예양이가 남궁 소저에게 외모가 밀려? 재능이 밀려? 성품이 밀려? 딱 하나 밀리는 게 있다면 못난 부모 만났다는 것뿐이지. 더 늦기 전에 밀어주어야 하는데⋯⋯."

하지만 그렇다고 하기에는 당장 호정문을 운영할 자금조차 바닥을 드러내고 있는 상황이다.

그 사실을 떠올리자 호연암도 사지원도 말이 없어졌다.

자식에게 풍족한 지원을 해 주지 못하는 부모의 심경은 늘 이런 것이다.

⋯⋯바로 그 순간.

쾅!

내실의 문이 열렸다.

호예양이 상기된 얼굴로 뛰어들어 왔다.

"엄마! 아빠!"

늘 점잖던 호칭도 철없던 말괄량이 때처럼 변했다.

호연암은 언제 한숨을 내쉬었냐는 듯 너털웃음을 지으며 딸을 맞이했다.

　"오냐, 우리 딸. 아버님이 아니라 아빠라고 하니까 더 좋구나. 앞으로는 그렇게 좀 불러라."

　"아빠! 아니, 아버님! 지금 그런 얘기 할 때가 아니에요!"

　호예양은 부모의 앞으로 무언가를 불쑥 내밀었다.

　무림맹-등천학관 합격통지서

　그것을 본 호연암과 사지원이 두 눈이 휘둥그레졌다.

　"아, 아니! 이게 뭐냐? 너 언제 등천학관에서 입학시험을 쳤어?"

　"세상에! 이것 좀 봐요! 지, 덕, 체 모든 시험에서 만점이에요! 우, 우리 딸이 수, 수, 수석이래!"

　부부가 쌍으로 놀라 소리를 쳤다.

　그들은 눈에 넣어도 아프지 않을 자신들의 딸을 붙잡고 질문을 마구 쏟아 내기 시작했다.

　"아니 이 녀석아! 이 통지표를 왜 이렇게 구겨 놨어! 가보로 대대손손 물려줘야 할 것을!"

　"경사 났네, 경사 났어! 우리도 대연회를 열어야겠다!"

　그때, 호예양이 입을 열었다.

　"참. 어머님, 아버님. 등록금은……"

등록금 이야기가 나오자 호연암이 바로 호예양의 말을 끊었다.

"너는 그따위 것 아무 걱정도 말거라! 내 이놈의 문파 기둥뿌리를 죄다 뽑아 팔고, 같이 딸려 나온 두더지들까지 싹다 한약방에 넘겨서라도 돈 마련해 놓을 테니까!"

"어휴, 두더지는 뭔 놈의 두더지예요! 하여간 이이는 과장해서 말하는 것 하나는 선수라니까. 딸램~ 엄마가 비상금 꼬불쳐 놓은 것 있단다. 그거면 호정문에 아무런 지장도 없어. 너는 아무 걱정 말고 공부만 해."

호연암과 사지원은 어떻게 해서든 호예양을 안심시키려하고 있었다.

하지만 그들의 마음속에 있던 일말의 부담감마저 싹 다 날아가는 일이 벌어졌다.

…쩔그렁!

호예양이 돈자루를 내려놓은 것이다.

곤귀에게 빼앗겼던 호질표국의 대금보다도 훨씬 더 많은 액수의 금원보들이 탁자 위로 쏟아졌다.

기절할 듯 놀라는 호연암과 사지원을 보며, 호예양이 물기 가득한 목소리로 외쳤다.

"이제는 아무 걱정 마세요! 돈 다 찾아왔으니까!"

다음 날 오전.

호예양은 말을 타고 호숫가 근처로 산책을 나왔다.

그 옆에는 추이가 쑥불을 피워 벌레들을 쫓고 있었다.

호예양은 추이를 보며 말했다.

"복덩아."

"……."

그녀는 장난 삼아 추이를 복덩이라고 부르고 있었다.

추이가 온 뒤부터 이상하게 일이 잘 풀렸기 때문이다.

호예양은 추이를 향해 고개를 숙이며 물었다.

"요즘 너 잘 안 보이더라? 어딜 그렇게 밖에 돌아다녀. 응?"

"……."

추이는 이번에도 대답하지 않았다.

다만 입을 굳게 다물고 상념에 빠져 있을 뿐이다.

"이게!"

호예양은 주먹을 들어 장난스러운 태도로 추이에게 꿀밤을 먹였다.

그러자 비로소 추이가 고개를 든다.

호예양이 웃었다.

"무슨 생각을 그렇게 골똘히 해?"

"……그냥. 이런저런."

추이는 서툴게도 둘러댔다.

어찌 생각하고 있던 바를 솔직하게 말하겠는가.

남궁세가에 난입해서 피칠갑 깽판을 놓을 계획이라고 말이다.

추이는 과거의 일을 회상했다.

그 당시 호예양의 입에서 나왔던 이름.

'……남궁세가의 원로 하나가 조가장과 흑도방의 결탁, 그로 인해 억울하게 몰락한 호정문의 사건을 덮어 버렸었지.'

남궁세가는 암묵적으로 안휘성 내의 자치권을 인정받고 있는 초거대 세력이다.

당연하게도, 그들은 작은 군소 문파나 세가들의 다툼에 개입하여 치안을 유지할 의무가 있다.

그러나, 남궁세가 내부에도 부패한 세력들은 있는 법.

하위 세력들의 패권 다툼에서 벌어지는 더럽고 추악한 음모들을 눈감아 주고, 그 대가로 뒷돈을 받아 챙기는 고위직들의 존재를 추이는 알고 있었다.

호예양의 살생부에 이름을 올려놓고 있었던 원로급 거물.

또한 전생의 자신에게 칼을 꽂아 넣었던 수많은 추격자들 중의 하나.

추이는 바로 그놈의 얼굴을 떠올리며 차갑고 날카로운 복수를 계획하는 것이다.

그때, 호예양이 또다시 추이의 상념을 깼다.

"요즘도 애들이 많이 괴롭히니?"

그녀는 추이의 침묵을 조금 오해한 모양이다.

추이가 말이 없자, 호예양은 안되겠다는 듯 눈을 부릅떴다.

"경고만 해서는 의미가 없구나. 안되겠다."

"……."

"추이. 너 누나랑 같이 떠날래?"

"……?"

호예양의 말에 추이가 한쪽 눈썹을 까닥 움직였다.

그러자 호예양이 진지한 표정으로 말을 이었다.

"누나가 말이야. 이번에 등천학관에 입학하게 되었거든."

"……."

그 말을 들은 추이는 고개를 끄덕였다.

전생의 호예양도 비슷한 말을 했었다.

등천학관의 입학시험을 봐서 수석을 했다고, 천하 최고의 후기지수들이 다니는 그곳에 자신도 다닐 수 있었다고, 하지만 돈이 없어서 그러지 못했다고, 만약 그곳에 입학했다면 자신의 인생이 많이 달라졌을 것이라고.

그랬던 호예양이 지금 밝게 웃으며 그 말을 하고 있다.

이번 생에는 그녀의 꿈이 꺾이지 않을 것이라 추이는 생각했다.

"추이, 너를 쭉 지켜봤는데. 과묵하고 성실하고, 또 재주가 참 좋은 것 같다는 생각이 들었어. 그래서 하는 말인데, 혹시 너만 괜찮다면 나랑 같이 무림맹에 가자. 등천학관 입학생은 개인 생활을 보조해 줄 보조자들을 몇 명 데려갈 수 있대. 그들의 급료나 생활 전반은 등천학관에서도 절반씩 부담해 준다고 하더라고."

사실 하루 벌어 하루 먹고사는 하인으로서는 거절할 이유가 없는, 실로 황송하기까지 한 제안이다.

무림맹 산하 등천학관이라는 공공기관의 정규직 사용인으로 들어가는 것만으로도 입신양명했다고 말할 수 있는 것이었으니까.

거기에 생활의 질도 비약적으로 상승할 것이고, 따로 급료까지 준다니.

호예양은 계속해서 말했다.

"나는 꼭 등천학관에 입학할 거야. 가서 다른 쟁쟁한 정도 십오주의 후기지수들이랑 당당하게 경쟁할 거야. 그리고 식견을 넓히고 인맥을 쌓아서 호정문으로 돌아올 거야. 무림맹에 남아서 계속 근무할 수도 있다고는 하는데…… 나는 그래도 아버님, 어머님이 계시는 집으로 돌아오고 싶어. 그래서 우리 가문을 크게 키우고 싶어."

그녀의 포부는 당차다.

창해의 수평선 너머로 막 떠오르는 태양처럼, 비록 아직은 어스름하나 곧 밝게 빛나 천지를 비출 것이다.

그리고 추이는 그림자처럼, 노을 뒤에서 그것을 묵묵히 지켜볼 생각이었다.

'······이번 일만 마무리되면, 그 뒤부터는 알아서 잘 해나갈 수 있겠지.'

앞으로 펼쳐질 남궁세가에서의 일을 떠올리며, 추이는 고개를 끄덕였다.

그때, 호예양이 물었다.

"나랑 같이 가 줄 거지?"

"상황이 여의하면."

"뭐야~ 튕기긴!"

호예양이 섭섭하다는 듯 눈을 흘긴다.

그녀는 일 잘하는 추이를 꼭 데려가고 싶은 듯 말을 이었다.

"그럼 일단 가는 걸로 생각할게. 무림맹까지는 먼 길이 될테니 미리 정리할 것들 있으면 정리해 놔. 뭐 누구한테 돈 빌려주고 그런 건 없지?"

"빚 받을 게 좀 있다."

"뭐? 빚이 있어? 그럼 다 정리해야지. 받아 낼 건 다 받아내!"

호예양의 장난기 어린 말에 추이는 혼자 조용히 고개를 끄덕였다.

"……아무렴."

빚은 받아 내야 한다.

동전 한 닢, 피 한 방울까지, 싹 다.

남궁세가에서 개최되는 대연회의 날.

초청장을 받은 호정문 역시도 참석을 위해 이른 새벽부터 길을 나섰다.

선물을 실은 마차 두 대와 사람을 실은 마차 한 대,

방문 인원은 호연암, 호예양, 그리고 주예화 표두를 비롯한 일급표사 일곱, 이렇게 총 아홉 명이었다.

전문 마부가 두 사람이 붙었고 그 밑에서 마부의 시중을 드는 마구간지기 소년들도 넷이 따라붙었다.

하지만.

그 얼굴들 가운데 추이는 보이지 않았다.

이른 새벽부터 배가 아프다며 뒷간에 가 있었던 추이.

"……."

추이는 지붕 위에서 호예양이 탄 마차가 출발하는 것을 보고 난 뒤에야 담벼락을 타 넘었다.

텅 비어 한산해진 호정문을 뒤로한 채, 추이는 한발 먼저 산을 타 넘어 남궁세가로 향했다.

이제부터는 따로 행동할 차례였다.

＊

남궁세가 근처의 한 도축장.

수많은 백정들이 분주하게 일하는 가운데.

"빨리빨리 날라라, 이 게으른 백정 놈들아!"

허리에 칼을 찬 무사 하나가 거만한 태도로 소리치고 있었
다.

그의 이름은 가우현.

남궁세가 소속의 하급무사였다.

"대남궁세가의 연회에 쓰일 쇠고기들이다! 그 고기들 값이
네놈들 살에서 베어 낸 고깃값보다도 비싸니 조심조심 날라!
그리고 상하기 전에 얼른 마차에 실어 놓으란 말이다!"

채찍질만 안 했지 흡사 노예를 대하는 듯한 태도다.

백정들은 가우현의 눈치를 보며 커다란 고깃덩어리들을
날랐고 그것들을 마차 뒷공간의 천장에 갈고리로 걸어 하나
하나 매달아 놓았다.

"항상 늘처분하게 있다가 호통칠 때만 일하는 척하지. 천
성부터가 천한 놈들 같으니……."

가우현은 백정들을 향해 짙은 혐오를 드러냈다.

그는 남궁씨가 아닌 외부인 출신으로, 한때 무림을 떠돌던

낭인이었다가 남궁세가에 특채된 인물이었다.

가우현은 자신이 남궁세가에서 일할 수 있게 된 것을 평생의 업적으로 삼을 만큼 자부심이 대단했다.

칼밥 먹고 사는 모든 이들이 부러워하고 선망하는 집단.

그것이 남궁세가가 아닌가.

그래서 가우현은 남궁세가 밖에서 일하는 모든 이들을 제 눈 밑으로 깔아 보았고 또 그것이 당연하다고 생각했다.

자신은 타고나길 똑똑했고, 또 그것에만 기대지 않고 부단하게 노력해서 이 자리까지 올라온 반면, 다른 이들은 게으르고 멍청하고 무능해서 늘 밑바닥 인생 그대로이니까.

그래서 가우현은 눈앞에 있는 백정들에게 자신의 혐오감을 여과없이 드러내고 있었다.

"어이! 거기 얼빠진 놈! 뭘 머뭇거리고 있나! 곧 연회가 시작되니 빨리 고기를 나르란 말이야!"

"죄, 죄송합니다. 이게 너무 무거워서……."

가우현의 짜증에 백정들이 쩔쩔맨다.

"뭔데 그래?"

가우현은 도축장 안쪽으로 걸어갔다.

그러자 난처한 표정으로 서 있는 백정들의 너머에 걸려 있는 커다란 동물 사체가 보인다.

늑대. 호랑이가 아닐까 싶을 정도로 거대한 늑대 한 마리가 도살장의 바닥에 죽어 있었다.

그 옆에는 새끼가 분명한 작은 늑대 하나가 함께 죽어 있는 것이 보인다.

"음. 삽혈맹세(歃血盟誓)에 쓸 제물이로군. 이건 피를 빼지 말고 죽고 난 직후의 상태 그대로를 유지해야 한다. 그렇게 관리했겠지?"

"아무렴요. 대남궁세가의 북궁원에서 직접 맡겨 주신 일인걸요. 각별히 신경 썼습죠."

"알겠으니까 어서 마차에 가져다 실어라. 시간이 없다 하지 않느냐!"

가우현의 신경질은 계속해서 심해진다.

백정들은 서둘러 그의 비위를 맞추기 시작했다.

작은 목소리로 투덜거리는 것이 그들이 할 수 있는 전부였다.

"저 미친 새끼. 저러다 또 칼 뽑는 거 아냐?"

"예전에 춘식이가 저 새끼 말 씹었다가 손가락이 잘렸잖아."

"망나니 새끼인 건 여전하구만. 애미애비도 없는 호로새끼, 에잇 퉤!"

"하여간 남궁세가 북궁원 소속 칼잡이들은 하나같이들 다 제정신이 아니야."

그때, 가우현이 한 백정을 향해 손짓했다.

"……어이, 너."

자기보다 족히 스무 살은 더 많아 보이는 백정을 향해 가우현은 손가락을 까닥거렸다.

　"저기 있는 늑대는 뭐냐?"

　"예? 아아, 저것은 새끼 늑대입니다. 이 커다란 녀석의 새끼인 것 같은데…… 들어올 때 함께 들어왔습죠."

　"저것도 같이 실어라."

　"알겠습니다."

　백정은 옆을 향해 눈짓했다.

　그러자 백정의 아들로 보이는 작은 키의 소년이 후다닥 달려가 새끼 늑대의 시체를 짊어졌다.

　그때.

　"어엇!?"

　새끼 늑대가 무거웠음일까?

　백정의 아들은 그만 발을 헛디뎠고 가만히 서 있던 가우현의 도포 자락에 몸을 부딪치고 말았다.

　순간, 가우현의 표정이 무시무시하게 일그러진다.

　"이런 망할 종자가, 어딜 감히 내 도포에 짐승 비린내를 묻혀!?"

　소년이 사과를 할 틈도 없이 가우현의 발길질이 날아들었다.

　뻐―억!

　가우현의 발에 걷어차인 소년이 저 멀리 날아가 뒹굴었

다.

이빨이 몇 개 부러진 채 기절해 버린 소년.

그러자 아비로 보이는 백정이 소년을 안아 들고 경악한다.

"아. 아이고 나으리! 아직 어린애입니다요!"

"그래서? 꼽나?"

가우현은 피식 웃으며 백정 부자를 내려다보았다.

그러고는 파르르 떨리는 백정의 주먹을 향해 노골적으로
코웃음 쳤다.

"오? 때리려고? 역시 무식한 백정 놈답구나. 어디 해 보거
라. 어떻게 되나. 하하하—"

비록 남궁세가의 정문을 지킬 뿐인 삼류무인이지만 무공
을 모르는 일반인들에게는 신이나 다름없다.

"해 보라고 이 새끼야. 지 새끼 걷어찬 놈을 그냥 보고만
있으려고? 으응?"

가우현은 칼집에 든 칼로 백정의 가슴팍을 쿡쿡 찌르며 빈
정거렸다.

바로 그때.

"나으리. 고기 다 실었습니다요."

옆에 있던 늙은 백정 하나가 눈치를 보며 보고했다.

그러자 비로소 가우현은 고개를 돌렸다.

"어디 살점 좀 잘라서 빼돌렸거나, 그런 건 없겠지?"

"아휴! 그런 말씀 마십시오. 저희가 어찌 감히 그런……."

"만약 그런 부분이 발각될 시에는 알지? 네놈들 살점을 두 배로 잘라 낼 것이다. 알겠느냐?"

"여부가 있겠습니까요."

백정들은 쩔쩔매며 고개를 숙인다.

가우현은 그제야 헛기침을 하며 도축장을 나왔다.

그는 마차 옆에 공손히 시립해 선 늙은 백정의 어깨를 두드리며 말했다.

"내가 현장에 나와서 이렇게 지랄을 떠는 이유는, 이렇게 해야 자네들이 조금이라도 일을 빨리 하기 때문일세. 나를 빨리 보내려면 일도 빨리 끝내야 할 것이 아닌가. 자네도 이해하지?"

"그럼요, 나으리. 저희는 욕을 먹어도 쌉니다요."

"그래, 그래. 노야는 주제파악을 잘해서 마음에 들어. 그럼, 내 이만 감세?"

가우현은 늙은 백정의 뺨을 몇 번 손바닥으로 툭툭 치고는 마차에 올라탔다.

이윽고, 고기를 가득 실은 마차가 움직인다.

곧 큰 연회가 벌어질 남궁세가를 향하여.

덜그럭- 덜그럭- 덜그럭-

마차가 산길을 달리며 위아래로 움직인다.

가우현은 말을 몰며 하품을 하고 있었다.

"참, 내 짬에 고기 배달이라니. 마부 하나 없이 이게 뭔 처지냐. 후우……."

대연회 때는 항상 일손이 모자란다.

평소에는 문만 지키면 되었지만 이렇게 분주할 때에는 가끔씩 잡무도 맡아서 해야 하는 것이다.

가우현은 따분하다는 듯한 표정으로 말에게 채찍을 날렸다.

빨리 세가로 복귀해야 잔칫상 말석에라도 끼어서 술맛을 볼 수 있을 테니 말이다.

바로 그때.

그극―

마차 뒤에서 이상한 소리가 들려왔다.

처음에는 그냥 한 번 나고 마는 소음이라고 생각했지만.

그극― 그극―

이상한 소리는 계속해서, 반복적으로 나고 있었다.

마치 무언가가 벽을 손톱으로 긁는 듯한 소음이었다.

그극― 그극― 그극―

결국 가우현은 마차를 인적 드문 산길 가운데에 세웠다.

"뭐야? 안에 들개라도 들어갔나?"

가우현은 짜증을 내며 마차에서 내렸다.

그리고 마차 뒤로 돌아가 뒷문을 열고 안을 들여다보았다.

마차 안은 넓고 어둡다.

정육된 고깃덩어리들이 갈고리에 꿰여 천장에 주렁주렁 매달려 있었고 그 사이로는 차가운 냉기가 흐른다.

"보자. 들개가 어디에 있나?"

가우현은 천장에 매달려 있는 고기들을 치우며 마차 안쪽으로 들어갔다.

그때.

바스락—

저 안쪽에서 무언가가 움직이는 소리가 들려왔다.

가우현은 옳거니 싶어 외쳤다.

"찾았다, 이 개새끼!"

그리고 바로 그 순간.

…차르륵!

가우현의 목에 철사줄 올가미 하나가 걸렸다.

"커헉!?"

갑자기 위로 확 딸려 올라가는 올가미에 가우현은 들이마시다 끊긴 숨을 거칠게 내뱉었다.

꽈아아악……

철사가 목의 살갗을 사납게 파고든다.

위의 쇠기둥에 감긴 올가미는 가우현의 목을 단단히 조임과 동시에 그를 위로 끌고 올라갔다.

이윽고, 주렁주렁 매달린 고깃덩어리들 사이로 무언가가 걸어 나왔다.

"개는 너야."

붉은 눈동자 한 쌍이 가우현의 앞으로 드리워진다.

추이. 그가 가우현의 얼굴을 가만히 올려다보고 있었다.

"컥! 케흑! 끄흑!"

가우현은 버둥거렸지만 그럴수록 올가미는 더더욱 꽉 조여들 뿐이었다.

추이는 올가미의 반대쪽 철사를 잡은 손에 힘을 주어 그것을 당겼다.

붉은 내공이 흐르는 올가미가 한계까지 조여들었다.

혀를 빼물고 바들바들 떠는 가우현에게 추이가 말했다.

"남궁세가의 장원 내부 구조가 궁금한데."

동시에, 올가미가 아주 살짝 느슨해졌다.

이윽고 가우현이 입을 열었다.

"좆…… 까 씨발아…… 내가 말할 거 같냐?"

그러자 추이는 그럴 줄 알았다는 듯 고개를 끄덕였다.

"딱히 말하지 않아도 돼."

"……?"

가우현이 무어라 대답하려는 찰나, 또다시 올가미가 꽉 조여들었다.

버둥버둥―

가우현이 아까보다 더 심하게 발버둥 친다.

잠깐이나마 맛봤던 공기의 달콤함을 순식간에 다시 박탈당해 버렸으니 당연한 일이다.

'말할게! 말할게요!'

숨길 수 없는 후회의 빛이 눈빛에서부터 뿜어져 나오고 있었지만…… 이미 늦었다.

"산 놈보다는 죽은 놈이 더 정직한 법이지."

추이는 이미 가우현을 창귀로 만들어 부리기로 결정한 참이었으니까.

이윽고.

…우드득! 뚝!

철사줄에 감긴 가우현의 목이 외로 꺾였다.

이로써 마차의 짐칸에 걸린 고깃덩어리가 하나 늘어나게 된 것이다.

* * *

남궁세가의 북쪽.

높이 솟아 있는 북궁(北宮) 아래에 커다란 문 하나가 보인다.

남궁세가의 장원 북쪽으로 통하는 북문이었다.

북문을 지키는 문지기는 근엄한 표정으로 주위를 살피고

있었다.

오늘은 대연회가 벌어지는 날.

귀빈들은 모두 남문으로 들어오게 되어 있으니 북문으로 들어오는 이들은 대부분 대연회의 뒷준비를 위한 사람들이다.

가령, 지금 문지기의 눈앞에 멈춰 선 고기 배달 마차처럼 말이다.

"멈춰라."

문지기는 마차를 세웠다.

마차는 분명 남궁세가의 것, 원래대로였다면 그냥 통과시켰을 것이지만…… 마차 위에 책임자인 가우현의 얼굴이 보이지 않으니 일단 멈춰 세운 것이다.

마차에서 한 소년이 내렸다.

추이. 얼굴에 흙먼지와 잿가루가 잔뜩 묻은.

문지기는 그런 추이를 보며 미간을 찡그렸다.

"너는 누구냐? 가우현 조장님은 어디 가셨지?"

"일이 생기셨다고 잠깐 다른 곳에 들르신다고 했습니다. 고기 배달이 늦을 것 같으니 일단 제가 대신 가라고……."

"그래? 왜지? 그 깐깐한 사람이 갑자기 그럴 리가 없는데?"

뱀처럼 가늘게 좁혀진 문지기의 시선이 추이와 고기 마차를 훑는다.

그는 마차의 뒤쪽, 짐칸으로 가 문을 열어 보았다.

끼기긱……

서늘한 냉기, 어둠 속에 주렁주렁 걸린 고기들.

문지기는 마차의 짐칸을 슥 둘러보았다.

"……."

그의 눈에 핏자국 하나가 보인다.

그것은 아주 작았고 마차의 짐칸 뒷문에 멀찍이 튀어 있었다.

하지만 문지기는 대수롭지 않게 넘어갔다.

애초에 도축장에서 고기들을 싣고 온 마차니 문에 피가 좀 묻을 수도 있는 것 아니겠나.

다만 가우현이 사라진 것은 못내 마음에 걸리는 일이었다.

문지기는 추이에게 물었다.

"가우현 조장님에게 뭔가 일이 생겼다고?"

"예."

"무슨 일?"

"그것까지는 모르겠습니다. 다만 상당히 급해 보이셨습니다."

"근데 왜 하필 너 같은 꼬마를 대신 보냈어? 도축장에 어른들도 많았을 것 아니냐?"

"그…… 안 좋은 일이 조금 있었습니다."

"그건 무슨 소리야?"

"인부들이 고기를 나르는 것이 조금 늦었습니다. 그러자 나으리께서 인부들의 버릇을 고쳐 주시겠다며 모두의 다리 몽둥이를……."

추이는 거짓말을 하지 않았다.

하지만 몇 가지 진실을 말한 것만으로도 문지기는 제멋대로 상황을 추측했다.

"젠장, 그 인간 또 거기서 한바탕 했나 보군. 예전에는 또 뭔 백정 하나가 자기 명령을 못 들은 체했다고 손가락을 자르더니만, 이번에는 또 다리야? 하여간 천민 혐오 하나는 알아줘야 한다니까."

추이의 말을 들은 문지기는 됐다는 듯 손사래를 쳤다.

"알았다. 이리 와."

평소였다면 추이의 말을 조금 더 의심했겠지만, 오늘은 정신없이 바쁜 대연회 날 당일인지라 그럴 여유가 없었다.

당장 이 고기 배달 마차의 뒤로도 야채 배달, 땔감 배달, 비단 배달 등등 다양한 마차들이 줄을 지어 늘어서고 있었기 때문이다.

문지기는 추이를 불렀고 입출자 명단에 이름을 적었다.

"백정이지? 이름이 있나?"

"예."

"이름이 뭔…… 아니다 됐다. 백정 상대로 무슨."

명단에 대충 백정이라는 두 글자를 적어 넣은 문지기.

순간, 그는 추이를 향해 고개를 들어 보였다.

"백정이라서 그런가…… 피 냄새가 조금 진한 것 같은데."

"방금 전까지 고기 칸에 있다가 나와서 그렇습니다."

"그러냐? 흠."

문지기는 별다른 말 없이 고개를 끄덕였다.

이윽고, 추이는 마차를 몰아 북문 안으로 들어갔다.

추이가 문지방을 넘는 바로 그 순간.

"어이, 백정. 잠깐만."

문지기가 다시 추이를 불러 세웠다.

추이가 고개를 돌리는 순간, 문지기는 품속에 넣은 손을 확 꺼냈다.

팔랑―

수건 한 장이 추이의 손으로 떨어져 내렸다.

문지기가 말했다.

"너 얼굴이 너무 더럽구나. 아무리 잡부라고는 하나, 우리 남궁세가 안에서 그렇게 더러운 얼굴로 돌아다니게 놔둘 수는 없지. 좀 씻으란 얘기야."

그 말에 추이는 천천히 고개를 끄덕였다.

　　　　　　　　　*

…화르륵!

아궁이에 불이 피어난다.

외부에서 땔감 배달을 온 장칠과 왕팔은 쪼개 놓은 장작들을 아궁이 앞으로 나르며 땀을 뻘뻘 흘리고 있었다.

"역시 남궁세가의 대연회야. 우리가 일 년 내내 팔아야 할 땔감들을 하루 만에 다 쓴다니."

"그 덕에 한몫 단단히 잡았지. 허허허—"

그때, 장칠과 왕팔의 눈이 한 곳으로 향한다.

아궁이 건너편으로 여자 한 명이 걸어가고 있었다.

남궁세가에서 일하는 시비였다.

장칠과 왕팔은 시비를 보며 감탄했다.

"남궁세가에 오니 시비들도 다들 엄청 아름답네."

"맞아. 모든 시비들이 다 키도 크고 얼굴도 예쁘더라. 애초에 남궁세가는 하인들 뽑을 때 외모도 중요하게 본다잖아. 남녀 불문하고."

"우리는 바로 탈락하겠구만 그래."

"자네는 키가 커서 괜찮을지도 몰라."

"이 사람아, 얼굴도 본다며."

"하긴 그렇지."

장칠과 왕팔은 작게 한숨을 쉬었다.

"우리는 한평생 저런 여자들을 만날 수 있을까?"

"힘들지 않을까? 남궁세가의 시비들은 외부에서 들어온 잡부들에게 엄청 까칠하게 군다더군. 말도 안 걸고 시선도 안 준대."

"그럴만도 하지. 다들 저렇게나 예쁜데……."

말 그대로다.

남궁세가에서 일하는 하인들은 자신들이 일하는 장소에 대한 자부심, 그리고 이런 곳에서 일할 수 있는 자신의 외모에 대한 자부심이 대단했다.

그래서일까? 어쩌다 이렇게 외부에서 들어온 다른 일꾼들에게 남궁세가의 하인들은 그리 살갑게 대하지 않았다.

까칠하고 도도했으며 어지간해서는 말도 섞으려고 들지 않았다.

이 점은 남자든 여자든 모두 마찬가지.

그래서 장칠과 왕팔은 이렇게 그저 먼발치에서나마 시비들을 힐끗힐끗 쳐다보고 있는 것이다.

……바로 그때. 이상한 일이 벌어졌다.

갑자기 남궁세가의 시비들이 삼삼오오 무리지어 움직이더니 일제히 주방으로 모여들기 시작한 것이다.

"애, 들었어? 주방에……."

"어어, 외부에서 들어온 일꾼 말이지?"

"나 방금 살짝 보고 오는 길인데 완전 대박이더라."

"그 정도야?"

"그래! 나 원래 이런 말 잘 안 하잖아!"

"나도 보러 가야겠다 얼른."

남궁세가의 시비들이 총총걸음으로 주방을 향해 걸어간다.

태도는 한껏 우아하게, 시선 처리는 도도하게, 하지만 절로 빨라지는 발걸음에서는 숨길 수 없는 기대감이 흘러나오고 있다.

그녀들은 하나같이 수건, 물, 월병이나 당과 따위를 치마폭에 싸 들고 있었다.

장칠과 왕팔은 무슨 일인가 싶어서 목을 길게 빼고 주방을 바라보았다.

그러자, 시비들이 바글바글 모여 있는 곳이 보인다.

바로 주방과 도축장이 연결되는 곳이었다.

한 명의 하인이 고기를 짊어지고 와서 내려놓기를 반복한다.

시비들은 바로 그것을 둘러싸고 연신 재잘대고 있었다.

"얘. 너 혼자만 일하니?"

"어휴, 그럼 혼자 하지 떼루 일하겠냐 이년아!"

"너한테 안 물었어 이년아!"

"몇 살이니? 어려 보이는데."

"얘. 그러지 말고, 너 이것 좀 먹어 봐. 월병이야. 여기 당과도 있다."

"힘들지? 조금 쉬엄쉬엄 해. 여기 물 마시면서."

"어머, 땀 흘린 것 좀 봐. 이 수건 좀 두를래? 아니다, 내가 좀 닦아 줄게!"

시비들이 외부에서 온 한 명의 하인을 둘러싸고 마실 물에, 땀 닦을 수건에, 각종 군것질거리들까지 챙겨 주는 모습을 본 장칠과 왕팔은 입을 딱 벌렸다.

세상 도도하고 까칠한 남궁세가의 시비들이 대체 무슨 연유로 저 외부 출신 하인을 싸고도는가?

이윽고, 장칠과 왕팔은 고개를 끄덕일 수 있었다.

"응, 그렇네. 그럴 수밖에 없네."

"에잇, 퉤- 더러운 세상."

시비들에게 둘러싸여 있는 하인은 앳된 외모와는 어울리지 않는, 실로 잘 단련된 상체를 드러낸 채 무거운 고기들을 나르고 있었다.

바로 추이 말이다.

"……."

추이는 인상을 쓴 채 고깃덩어리를 내려놓았다.

상의를 탈의한 채, 발골도를 든 손으로 이마의 땀을 닦고 있으니 저 앞의 시녀들 사이에서 탄성이 흘러나온다.

"얼굴이 무슨 옥을 깎아 놓은 것 같애."

"여기 좀 봐 주세요!"

"어느 도축장에서 오셨어요?"

"세상에, 근육 결 사이로 땀 흘러내리는 것 좀 봐."

"제가 닦아 드릴게요! 제 치맛자락 오늘 새벽에 빤 거라

깨끗해요!"

계속해서 시선이 늘어난다.

추이는 인상을 쓰며 말했다.

"방해된다."

"꺄악! 방해된대! 멋있어!"

하지만 시비들의 반응은 어째서인지 더더욱 뜨거워져만
갈 뿐이다.

추이는 아차 싶어 이마를 짚었다.

회귀하기 전, 추이는 수많은 풍파와 아수라장을 겪어 왔
다.

그 과정에서 자상, 열상, 화상 등등 수많은 흉터들을 얼굴
을 비롯한 전신에 입게 되었고, 그 때문에 호예양과 함께 '괴
물' 취급을 받았던 적도 있었다.

하지만 회귀한 이후, 추이는 기억도 잘 나지 않았던 청소
년 시절의 외모를 회복하게 되었다.

과거로 돌아온 뒤 외모가 바뀐 이는 호예양뿐만이 아니었
던 것이다.

'……새삼 귀찮군.'

추이는 시비들의 시선을 피해 마차의 짐칸으로 향했다.

이윽고, 마지막으로 나를 고깃덩어리가 보인다.

그것은 커다란 늑대의 시체였다.

이번 남궁세가의 대연회를 장식할 제물.

듣자하니 이 늑대의 피를 구리 쟁반에 받아서 뭔가 신성한 의식을 치를 계획인가 보다.

　그때, 추이의 옆에서 이런저런 수군거림이 들려왔다.

　장칠과 왕삼이 늑대를 구경하러 오는 길에 늘어놓는 한담이었다.

　"이번에 남궁세가 북궁원에서 잡아 온 늑대가 그렇게 크다는데, 구경이나 한번 해 보세."

　"그게 이번 삽혈맹세 때 쓰일 제물인가 보지?"

　"삽혈맹세가 뭐였지? 어디서 들어 봤는데."

　"그 왜, 초청객들 한데 쭉 모아 놓고 하는 거. 동맹 의식을 다지는 거랬던가?"

　"아하, 그거 알지. 작년에도 참 웅장하게 했었는데. 이번에는 제물의 피를 빼는 걸 누가 하려나?"

　"성검을 쥐고 해야 하는 일이니까, 아무래도 남궁세가에서도 지체 높은 사람이 하겠지. 작년에는 가주가 직접 했다더만."

　"그러면은 이번에는 그분께서 하겠네. 검화 소저 말이야."

　"아, 남궁율 소저 말이지? 이번에 등천학관에서 돌아오셨다더만. 방학이라고."

　장칠과 왕팔은 저희들끼리 주거니 받거니 하면서 마차로 다가갔다.

　그때.

"응?"

둘은 의아한 표정으로 마차의 짐칸을 바라보았다.

그 안에는 커다란 늑대 한 마리가 누워 있었다.

그것을 날라야 할 추이는 간 곳이 없는 상태였다.

장칠과 왕팔은 고개를 갸웃했다.

"이상하다. 방금 전까지 여기 사람 하나가 있지 않았던 가?"

"맞아. 고기 나르던 잡부가 있었던 것 같은데?"

그때, 뒤에서 날카로운 목소리가 들려온다.

남궁세가의 무인 하나가 장칠과 왕팔을 향해 삿대질을 하고 있었다.

"이봐! 지금 뭐 하는 거야! 빨리 제물을 옮기지 않고!"

"네? 저, 저희는 도축장에서 온 일꾼들이 아닌데요?"

"그게 뭐가 중요해! 지금 다들 바쁜 거 안 보여? 빨리 저걸 제단에 올려놔!"

그 말을 들은 장칠과 왕팔은 억울하다는 듯한 표정을 지었으나 어쩔 도리가 없었다.

일 년 치 매상을 하루 만에 올려 준 거래처의 명령이니 어쩌겠는가?

결국, 장칠과 왕팔은 늑대의 시체를 들고 제단으로 옮겨야 했다.

늑대는 네 다리가 모두 검은 장대에 묶여 있어서 장대를 들어 옮기기만 하면 되었으나, 문제는 바로 무게였다.

"어우, 뭐가 이렇게 무거워 이거?"

"큰 늑대라서 그런가, 무지하게 무겁구만."

"보이는 것보다 더 무거운 것 같으이. 늑대가 새끼라도 배었는가? 배도 조금 불룩한 것 같고."

"이 시커먼 장대만 해도 무게가 상당한 것 같은데…… 이거 아무래도 일꾼들이 더 필요하겠어."

결국 장칠과 왕팔은 자기들과 함께 온 다른 일꾼들까지 불러서 함께 늑대를 옮겼다.

무려 장정 여섯이 끙끙대며 달라붙어서야 늑대를 높은 제단의 꼭대기까지 올려놓을 수 있었다.

이윽고, 잡부들은 대연회가 시작되기 전에 모두 퇴장했다.

……이제는 진짜 주인공들이 무대로 올라올 차례였다.

⁂

연회가 시작되었다.

끝도 없이 긴 탁자들 위로 각종 산해진미들이 날라져 온다.

빨갛게 찐 게 무더기, 노릇노릇 구운 오리, 깍뚝깍뚝 사각으로 썰어 간장에 졸인 돼지고기, 향유에 튀긴 닭, 편백나무 상자 속에 소금을 깔고 쪄 낸 잉어, 송이버섯과 죽순 볶음,

향긋한 냄새를 풍기는 가지각색의 술들…….

아름답고 잘생긴 하인들이 나긋나긋한 태도로 손님들의 시중을 든다.

안휘성 내에 있는 모든 정도 문파와 세가들이 한데 모인 자리인지라 이 연회장에 앉아 있는 이들은 대부분 귀빈들이었다.

한편.

높은 누각 위에서 이 광경을 내려다보고 있는 두 남자가 있었다.

한 명은 남궁세가의 가주(家主)인 남궁파(破).

큰 키에 헌앙한 체격이 돋보이는 중년인이다.

정도십오주의 한 축을 담당하는 대남궁세가의 가주라면 언제나 위풍당당할 것 같지만…… 지금 남궁파는 상당히 눈치를 보고 있었다.

그것은 지금 그의 눈앞에 앉아 있는 한 노인 때문이다.

남궁천(天).

남궁세가의 전대 가주.

검왕(劍王)이라는 별호를 가지고 있을 정도로 지고한 경지에 올라 있는 무인이자 남궁세가의 현 태상가주(太上家主)였다.

정파든 사파든, 무림맹이든 사도련이든 간에, 자신은 더 이상 복잡한 정치에 연관되고 싶지 않다며 가주위를 비롯한 모든 것들을 아들에게 물려준 남궁천.

은퇴 후 오로지 검에만 일로매진하던 그가 지금 이 자리에 나와 있는 것은 남궁파의 간곡한 요청 때문이었다.

"아버님. 무료하십니까?"

"그걸 아는 놈이 나를 이런 곳에 불러다 놓았느냐?"

"아버님도 참. 요즘 안휘성 내의 분위기가 영 뒤숭숭하다고 말씀드리지 않았습니까. 이럴 때는 검왕께서 한번 공석에 모습을 드러내 주셔야 분위기가 정돈됩니다. 이게 다 가문을 넘어 안휘성 안의 백성들 전체를 위한 일 아니겠습니까?"

"에잉."

남궁파의 말을 들은 남궁천은 못마땅하다는 듯한 표정으로 고개를 돌렸다.

저 아래 대연회장이 보인다.

수많은 이들이 모여서 먹고 마시며 노래하는 곳.

하지만 남궁천은 아까부터 수염만 쓸며 앉아 있을 뿐, 조금도 흥이 나지 않는 기색이었다.

"늘 똑같은 놈들이 와서 늘 똑같은 말만 하다 가는 자리인데, 뭐 하러 나까지 내보내누?"

"아버님. 전에 말씀드렸듯, 이번에는 대연회의 성질이 조금 다릅니다."

남궁파는 헛기침을 하며 말을 이었다.

"조가장이 멸문되었습니다."

"안다. 벌써 몇 번이나 들었어."

"한미한 핏줄이기는 하나, 엄연히 우리 남궁의 방계입니다. 그곳의 방주인 조양자는 현 원로원의 중추인 남궁팽생과 먼 친척 사이이지요. 또한 조양자는 저희들의 창궁무애검법을 가지고 있었고, 한때 무림맹 등천학관의 교관직도 역임했던 걸출한 인물이었습니다."

"그것도 안다. 조양자, 그 녀석은 몇 번 얼굴을 본 적이 있었지. 꽤 똘똘한 녀석이었는데."

"……그런 조양자가 흑도방이라는 사파 세력과 결탁하고 있었다는 것이 만천하에 드러났고, 이제 그 여파는 남궁세가까지 미칠 것입니다. 그러니 남궁세가는 정도의 기둥으로써 한 점의 부끄러움도 없다는 사실을 공고히 해 두어야 합니다. 바로 이번 대연회에서요."

남궁파는 이번 기회에 안휘성 내 고래현과 내송현의 기강을 확실히 잡아 둘 생각이었다.

하지만, 남궁천은 여전히 심드렁해 보였다.

"허이구— 약한 놈들끼리 툭탁툭탁 싸우다가 몇 놈 죽은 것이 무에 대수냐? 너는 예전부터 시답잖은 일로 항상 열을 내곤 했었지. 귀뚜라미 싸움에서 진 것을 가지고 몇 날 며칠이나 화를 내기도 했었지 않느냐?"

"아버님. 조가장과 흑도방을 어찌 귀뚜라미에 비유하십니까. 그리고 그게 언젯적 일인데…… 어휴."

남궁파는 이마를 짚은 채 고개를 떨구었다.

바로 그때.

누각 아래층에서 누군가가 올라왔다.

"아버님. 할아버님. 이제 슬슬 연회장에 입장하실 시간입니다."

이윽고, 한 여인이 모습을 드러냈다.

흰 피부, 차분하게 가라앉은 눈꼬리, 베일 듯 오똑한 콧날과 도톰한 입술.

무표정한 얼굴 가운데 은은한 냉기가 감도는 인상의 미녀였다.

남궁율(律).

약관도 되지 않은 나이에 검화(劍花)라는 별호를 가질 만큼 대단한 기재.

그녀는 남궁세가 전체의 금지옥엽이자 남궁파의 자랑이었다.

남궁파는 남궁율을 보자마자 입가에 환한 미소를 머금었다.

"자랑스러운 내 딸 왔구나. 아버님. 율아를 오랜만에 보시니 어떻습니까? 많이 자랐지요?"

잘 커 가는 딸을 보는 아비의 마음은 흡족하다.

하지만 할아비의 마음은 조금 다른 듯했다.

"율아구나. 그래. 이번에 집에 왔다고?"

남궁천이 시큰둥한 표정으로 던지는 질문에 남궁율은 공

손하게 고개를 숙였다.

"예, 할아버님. 방학을 맞아 등천학관에서 잠시 복귀했습니다."

"으응— 그래. 학관에 가서 쓸 만한 신랑감은 찾아 왔느냐?"

남궁천의 말에 남궁파가 깜짝 놀라며 목소리를 높였다.

"아니, 아버님! 얘가 몇 살인데 벌써 혼인을 논하십니까?"

"나 때는 다 혼인하고 애 낳았을 나이구만 뭘? 이 정도면 슬슬 혼기 찼지."

자신의 혼인 문제로 다투는 아버지와 할아버지 앞에서도 남궁율은 조금의 표정 변화도 없었다.

그녀는 담담한 어조로 대신 대답했다.

"혼처라면 안 그래도 알아보고 있었습니다. 등천학관을 졸업하고 나면 바로 혼인하고 싶습니다."

"아니, 율아야!"

"아버님. 할아버님의 말씀이 맞습니다. 얼른 혼인해서 세가의 보탬이 되어야지요. 또 개인적으로도 얼른 안정된 가정을 꾸리고 싶기도 합니다."

"아무리 그래도…… 벌써 혼인 생각은 좀…… 아직은 이 아비 어미와 조금 더 시간을…… 아니면 서, 서, 설마? 지금 따로 만나는 남자라도 있는 것이냐?"

"없습니다. 지금은 학업에 매진하는 중이라 남자 생각이 전혀 없지만, 졸업 후에는 이야기가 달라지지 않겠습니까? 미리미리 준비해 둘 뿐입니다."

남궁율의 무덤덤한 목소리에 남궁파는 심란한 표정을 지었다.

딸이 자기 혼처를 스스로 알아보고 있다는 말에 동요하지 않을 아비가 어디 있겠는가?

하지만 남궁천은 여전히 혀를 끌끌 찰 뿐이다.

"사윗감을 찾으려거든 좀 멀리서 찾거라. 이 근방의 민숭민숭하고 맹− 한 놈들 말고."

"아니, 아버님은 또 왜 그러십니까?"

"뭘 왜 그래? 집안에 죄다 개성 없고 밋밋한 놈들뿐이니 하는 말 아니야? 손녀사위까지도 그런 재미없는 놈이 들어오는 거, 나는 싫다."

"율아의 신랑감은 언젠가 때가 되면, 제가 고르고 골라서, 이 세상에서 제일 바르고 성실한 녀석으로 짝지어 줄 생각입니다!"

"쯧− 또 어디서 찍어 낸 것처럼 틀에 박힌 놈을 데려오겠구만. 에잉, 니 맘대로 해라."

남궁천은 귀찮다는 듯 아예 고개를 돌려 버렸다.

가주 자리를 아들에게 물려준 뒤로 속세의 일에는 영 관심을 보이지 않는 그였다.

남궁파는 그런 아버지를 향해 한숨을 쉬었다.

그러고는 남궁율의 어깨를 짚은 채 말을 이었다.

"그런 그렇고, 율아. 너의 임무를 잊지 않았겠지? 곧 삽혈맹세의 식이 거행된다."

삽혈맹세.

동맹을 맺기로 한 이들이 한데 모여 치르는 결연(結緣)의 의식이다.

크고 사나운 짐승의 피를 내어 구리 쟁반에 받고는 그것을 돌아가면서 들이마시는 것이 절차다.

남궁파는 남궁율에게 말했다.

"삽혈맹세에는 이 아비가 참석할 것이다. 너의 임무는 가문의 성검(聖劍)을 꺼내어 제단까지 봉송한 뒤, 제물로 쓸 짐승의 목에서 피를 내어 구리 쟁반에 담는 것이다. 어찌 보면 이 행사에서 가장 주목받는 역할인 게야."

성검봉송(聖劍奉送).

가문의 비고 깊숙한 곳에 있는 검 '어장(魚腸)'을 꺼내어 대연회장의 중심부를 지나 제단 위까지 운반하는 거룩한 작업.

그리고 이 성검으로 제물의 목을 베어 피를 구리 쟁반에 받는 것 역시도 중요한 일이다.

이 두 과정이 삽혈맹세라는 의식에서 가장 화려하며 장엄한 부분이기에 그렇다.

남궁율은 고개를 끄덕였다.

"이 중요한 임무를 제게 일임하신 이유를 잘 알고 있습니다. 오늘 이 자리에 모인 영웅들 앞에서 남궁의 위엄이 더욱 드높아질 수 있게, 최선을 다하겠습니다."

"허허허— 의기는 좋지만 목적이 바뀌었구나. 나는 너에게 남궁의 위신을 세우라고 한 것이 아니다. 남궁에게 너의 위신을 세우라고 하는 것이지."

딸바보 남궁파의 너스레에도 남궁율은 무표정한 얼굴 그대로이다.

"남궁이 저의 자랑이듯, 저 역시 남궁의 자랑이 될 수 있도록 하겠습니다."

그녀의 딱딱한 말에 남궁파는 머쓱한 표정으로 뒷머리를 긁적였다.

'거, 녀석. 그렇게 진지하게 대답하라고 한 말은 아니었는데.'

딸이 똑똑하고 냉철해서 좋기는 하지만…… 가끔 이렇게 농담이 통하지 않을 때마다 겸연쩍어지는 경우가 왕왕 생긴다.

이윽고, 남궁파가 어색해진 분위기를 풀기 위해 자리에서 일어났다.

"자, 이제 일어나자. 슬슬 주인공들이 나설 차례구나. 아버님도 그만 일어나시지요. 자— 어서요!"

남궁파는 투덜거리는 남궁천의 손을 잡고 일으켜 계단으로 향했다.

그때.

남궁파가 문득 입을 열었다.

"참. 율아야."

"예, 아버님."

막중한 임무 앞에서 표현은 안 해도 꽤나 긴장하고 있을 딸에게, 남궁파는 한번 더 가벼운 농담을 건넸다.

"……칼. 누구한테 뺏기면 안 된다?"

그러자 남궁율은 이번에도 세상 진지한 표정을 지은 채 아비의 농담에 대답했다.

"설마요. 이 세상에 그 누가 대남궁세가의 가보를 빼앗을 수 있겠습니까. 그것도 남궁세가의 장원 한복판에서요."

"허허— 그렇지. 설마 그런 일이 벌어질라고. 그냥 네가 긴장하고 있을까 봐 농으로 해 본 말이야."

남궁파는 껄껄 웃으며 계단을 내려간다.

남궁율 역시도 다른 방향으로 돌아서 계단을 내려갔다.

그렇게, 부녀는 각자의 임무를 다하기 위해 서로 다른 방향으로 향했다.

앞으로 모든 일이 순탄하게 잘 풀릴 것이라 믿어 의심치 않은 채로.

…….

……하지만.

때때로 사람은 잊어버리곤 한다.

설마가 사람 잡는다는 것을 말이다.

호정문의 문주 호연암.

그는 남궁세가에서 주최하는 대연회의 말석 부근에 앉아 있었다.

안휘성 내 쟁쟁한 문파나 세가들의 수장들 사이에서 그는 조금 움츠러든 듯 보였다.

"후우……."

아무도 못 듣게끔 작게 한숨을 내쉬는 호연암.

하지만 그의 한숨 소리를 들은 사람이 한 명 있다.

호예양.

그녀는 수심에 잠긴 아비의 표정을 살피고 있었다.

"……."

하지만 그녀가 할 수 있는 것은 없었다.

왜냐하면 이것은 비단 호연암만의 문제가 아니었기 때문이다.

연판장(連判狀)

남궁세가가 다른 문파와 세가들에게 나누어 준 계약서.

그곳에는 다음과 같은 내용들이 쭉 적혀 있었다.

一. 이 자리에 모인 모든 정도 조직들은 남궁세가의 산하로
들어온다.
二. 남궁세가는 산하로 들어온 조직들에게 가문 비전의 일부
를 공유한다.
三. 남궁세가의 산하로 들어온 조직들은 남궁세가에 매 분기
일정량의 보호비를……

조약의 내용을 쉽게 풀이하자면 이것이다.

남궁세가의 보호를 받는 대신 일정 금액의 돈을 바치라는
뜻.

이는 안휘성 내의 모든 조직들에게 주어진 강제 선택지이
다.

사파에서는 약한 집단이 강한 집단에 '상납'을 바치고, 정
파에는 약한 집단이 강한 집단에 '보호비'를 낸다.

명칭만 다르지 결국 똑같은 구조인 것이다.

하지만, 호정문은 남궁세가에 보호비를 낼 만큼 수입이 좋
지 않은 문파였다.

한편. 걱정스러워하는 호연암을 지켜보는 몇 명의 호사가
들이 있었다.

그들은 저희들끼리 목소리를 낮춰 수군거렸다.

"이번에는 조가장이 아니라 호정문이 이 자리에 초대받았군."

"조가장은 돈이라도 있어서 그럭저럭 이 자리에 있을 자격을 유지할 수 있었지만…… 호정문이 그게 될까요?"

"되겠나, 이 사람아? 호정문이 기울어 가는 거 모르는 사람이 어딨다고."

"근데 그런 기울어 가는 문파를 산하로 받아들이면 남궁세가도 손해 아닙니까?"

"남궁세가는 그냥 검술의 일부만 턱 던져 주면 그만인데 뭐 손해 볼 게 있겠나? 오히려 막대한 보호비를 내게 생긴 호정문만 울상인 것이지."

"나는 호정문이 조가장과 흑도방을 없앴다고 생각했는데, 그게 아닌가 보구만?"

"호정문이? 예끼, 이 사람. 말이 되는 소리를 하게. 호정문은 돈도 힘도 없는 문파야. 그들이 어떻게 조가장과 흑도방을 없앴겠나?"

호사가들의 말대로, 남궁세가의 제안은 약소 문파인 호정문으로서는 받아들이기 힘든 조건이다.

비단 호정문뿐만 아니라 이 자리에 모인 몇몇 작은 문파나 세가들 역시도 우려 섞인 표정을 짓고 있었다.

바로 그때.

"어허– 다들 표정들이 어둡구려."

호연암을 비롯한 초청객들의 앞으로 한 노인이 걸어왔다.

사람들이 모두 자리에서 일어나 포권 자세를 취했다.

"북궁원로님을 뵙습니다."

"아, 됐네, 됐어. 우리끼리 무슨 이런 격식인가. 앉으시게 다들."

남궁세가의 원로 남궁팽생.

거구의 몸에 긴 수염만큼은 삼국연의의 관운장을 연상케 하는 풍모였으나, 눈이 뱀처럼 찢어지고 코가 매의 부리처럼 날카로와서 인상은 그리 좋지 않아 보였다.

그런 남궁팽생을 바라보는 다른 이들의 속마음은 사실 곱지 않았다.

'늙은 여우가 나타났군.'

'빌어먹을 돈귀신 같으니.'

'또 무슨 음흉한 수작질을 부리려고 나타났나.'

남궁팽생은 전대 가주 때부터 원로로 일해 오며 수많은 산하 조직들을 관리하는 자였다.

거구의 몸과 심후한 무공과는 어울리지 않게, 잔머리가 빠르고 속셈이 음흉하여 하위 조직들과의 조약을 불공정하게 이끌고 뒤로는 딴짓이 잦았다.

초청객들의 생각이 맞다는 것을 증명이라도 하듯, 남궁팽생이 입을 열었다.

"이번 연판장의 조약들은 내가 직접 작성했다네. 어떤가?"

그 말에 초청객들의 표정이 일순간 굳었다.

하지만 대남궁세가의 원로를 상대로 속마음을 드러낼 정도로 멍청한 이들은 이 자리에 없었다.

결국 모두들 억지웃음을 지으며 남궁팽생의 비위를 맞출 수밖에 없는 것이다.

"하하— 하하하— 어쩐지 계약 내용이 아주 공정하다 했더니만. 북궁원로님의 작품이셨군요."

"아이쿠, 이거 저희들 편의를 너무 봐주시는 것 아닙니까?"

"올해도 남궁세가의 보호를 받게 되었으니 든든~ 합니다!"

"거기에 남궁세가의 비전검술도 전수받을 수 있으니, 이거 꿈만 같습니다 그려."

"또 보호비도 아주 합리적으로 책정되어 있구요. 허허허허—"

그때, 흐뭇한 얼굴로 고개를 끄덕이고 있던 남궁팽생의 눈에서 이채가 발했다.

그는 호연암의 옆에 앉아 있는 호예양을 바라보고 있었다.

"이게 누구신가. 소문의 호정문주가 아닌가."

남궁팽생은 친근한 웃음을 띤 채 호연암에게로 다가갔다.

그리고 그의 어깨를 짚은 채 입을 열었다.

"그래. 대연회에는 처음 참석하지?"

"예. 원로님. 이렇게 뵙게 되어 영광입니다."

"허허허— 영광은 무슨. 앞으로는 자주 볼 텐데. 조가장 일은 유감이야. 그렇지?"

"원로님. 저는 맹세코 조가장의 비사와는 아무런 연관이……."

"암— 암— 누가 뭐랬나? 우리 호정문주가 깨끗하고 당당한 사람이라는 것은 내가 제일 잘 알지. 그러니까 내가 자네를 이렇게 이 자리에 초청했지 않은가?"

남궁팽생은 너털웃음을 지었다.

그러고는 호연암에게만 들릴 정도로 작게 속삭였다.

"오늘의 기회는 호정문에게 아주 좋은 기회가 될 걸세. 남궁세가의 비전검술을 전수받게 되면 무인들의 수준이 크게 올라가겠지? 호정문은 표국을 경영하고 있는 것으로 아는데, 그러면 호질표국의 표사들도 많이 강해질 게야. 그러면 당연히 수입도 늘어나고, 규모도 커질 것이고."

"하하— 저희는 아직 규모를 늘릴 계획이 없……."

"없어도 있어야지 이제는. 그래야 보호비를 내고 나서도 이문을 남길 수 있을 테니까. 안 그런가? 허허허—"

남궁팽생의 말에 호연암은 하려던 말을 끝내지도 못한 채 입을 다물어야 했다.

권유를 거절하는 것은 자유다.

어디까지나, 표면상으로 보기에는 그렇다.

하지만 사실 남궁팽생의 말은 권유가 아니라 강압에 가까웠다.

거절이라는 것이 애초에 불가능한 힘의 논리인 것이다.

그때, 남궁팽생의 시선이 옆에 있는 호예양을 향한다.

그는 은근슬쩍 물었다.

"우리 호 소저가 곧 열일곱이지? 곧 혼기를 맞이하는구만. 조가장과의 혼담이 무산되어서 유감이네."

"그것은 그저 소문일 뿐, 저는 조가장과 혼담을 논의했던 적이 없어서 괜찮습니다."

"아, 그런가? 워낙 유명해서 내 몰랐구만."

호예양의 정중한 말에 남궁팽생의 눈이 더욱 가늘어졌다.

"우리 호 소저는 나이 차가 많이 나는 신랑은 별로인가?"

"아직 생각해 본 적이 없어서 잘 모르겠습니다."

"어허~ 생각이 없으면 쓰나. 생각을 해 봐야지. 이렇게 예쁜데 말이야. 뭐, 꼭 누군가의 처가 아니라 첩으로 들어가는 것도 괜찮을 게야. 요즘 세상이 어떤가? 꼭 정실부인으로만 들어가야 한다는 풍조는 이미 한물가지 않았는가? 요즘 젊은이들은 어리고 무능력한 남자의 정실이 되느니 나이 많고 능력 있는 남자의 첩실이 되는 편이 낫다고들 하던데."

그때, 호연암이 정중한 어조로 도포 자락을 들어 남궁팽생의 앞을 가렸다.

"원로님. 제가 술 한잔 올리겠습니다."

"이 사람. 지금 내가 자네 딸과 진지한 논의 중이지 않나. 다 호정문이 잘되라고 해 주는 이야기이니 잠자코 듣게나."

남궁팽생이 은근히 기세를 뽐낸다.

절정고수가 대놓고 방출하는 내력 앞에 호연암이 불편한 신음 소리를 냈다.

바로 그 순간.

"거기서 뭣들 하는 거요?"

남궁팽생의 내력을 단번에 흩어 버리는 이가 있었다.

남궁파. 남궁세가의 젊은 가주가 그곳에 서 있었다.

산에서 한 마리 대호(大虎)가 내려온 듯한 그 기세에 좌중이 조용해진다.

"……"

남궁팽생은 조용히 내력을 거두었다.

그러고는 남궁파를 향해 조용히 포권을 취했다.

"으음. 별일 아니었소이다. 가주. 귀빈들 중에 반가운 얼굴이 보여 내 잠시 몇 마디 나눴소."

"별일이고 아니고는 내가 듣고 판단하오. 무슨 일이냐고 물었을 텐데?"

남궁파의 미간이 구겨졌다.

그의 시선이 숫돌에 갈리는 칼날처럼 점점 예리하게 벼려지고 있었다.

하지만 남궁팽생은 유들유들한 태도로 남궁파의 시선을

슬쩍 피했다.

그러고는 옆에 있던 호연암을 툭 친다.

"허허허— 중요한 행사가 코앞이라 그런가, 가주께서 많이 날카로우시군. 연판장에 대해 궁금한 점이 있다기에 내 몇 마디 조언을 해 줬소만. 그렇지 않소?"

고개를 돌린 남궁팽생의 시선은 호연암에게만 보인다.

그의 시선은 어느새 얼음장처럼 차갑게 변해 있었다.

호연암은 어쩔 수 없이 고개를 끄덕였다.

"예, 뭐. 그렇습니다."

"허허허— 보시오. 정말 별일 아니니 가주께서는 더는 신경 쓰지 않는 편이 좋겠소. 이런 사소한 일로 혹 가주의 평정심이 흐트러지기라도 하면 그 편이 더 큰일 나는 것 아니겠소? 중요한 행사를 앞두고 괜히 부정을 탈지도 모르고."

남궁팽생은 어물쩍 이 자리를 넘기려 했고 그것은 그의 의도대로 되었다.

"그럼, 호정문주. 다음에 또 모르는 것이 있으면 찾아오시게. 오늘 못다 한 이야기를 마저 나누어야 하니까. 알겠나?"

그는 힘 있는 목소리로 호연암에게 속삭인 뒤 휘적휘적 걸어서 연회장 너머로 사라져 버렸다.

남궁팽생이 떠난 뒤, 남궁파는 마음에 들지 않는다는 듯 미간을 찡그린 채 호연암을 바라보았다.

"북궁원로가 뭔가 실언을 했다면…… 아니, 분명 실언을 했겠지. 내가 대신 사과하겠네, 호정문주."

"아, 아닙니다. 어찌 가주님께서……."

남궁파가 고개를 숙이자 호연암이 깜짝 놀라 자리에서 일어났다.

하지만 남궁파는 영 찜찜한 기색이었다.

"저 망령든 노친네는 아버님 시대의 가신이라서 나도 통제가 잘 안 되는구료. 나도 어쩔 수 없이 데리고 있는 것일세."

"어찌 그런 말씀을 하십니까. 저 따위에게."

"자네가 어때서. 우리 남궁세가의 든든한 맹방이 될 사이인데. 또 이런 속사정이라도 좀 털어놔야 자네가 북궁원로의 무례를 이해해 주지 않겠는가. 나도 그 정도 염치는 있는 사람일세."

남궁파는 고개를 돌려 옆자리에 있는 호예양을 돌아보았다.

"보아하니 본가의 늙은이 하나가 네게 실례되는 말을 한 모양이다. 너에게도 사과하마."

"아닙니다. 저는 괜찮습니다."

담담한 어조로 고개를 숙이는 호예양을 보고 남궁파는 생각했다.

'외모도 그렇고, 태도도 그렇고, 우리 율아와 견주어도 손색이 없겠구나. 이 아이도 등천학관 시험에 합격했다고 들었는데…… 어쩌면 좋은 호적수이자 벗이 될 수도 있겠어.'

자식 교육에 관심이 많고 이런저런 소식에 밝은 남궁파는 이미 호예양의 등천학관 합격 사실을 알고 있었다.

　그때.

　대앵-

　하늘 저편에서 종소리가 울려 퍼졌다.

　초경(初更)을 알리는 종소리였다.

　"삽혈의 시간이 되었구나."

　남궁파는 서둘러 연회장 앞으로 향했다.

　그곳에는 오늘 모인 이들을 한눈에 내려다볼 수 있는 연단이 마련되어 있었다.

　이윽고, 남궁파는 호연암과 호예양을 비롯한 모든 이들을 내려다보며 입을 열었다.

　"이 자리에 모여 주신 안휘성 내의 영웅동포 여러분께 이 남궁 모가 감사의 인사를 올리겠소이다."

　의식의 단계에 앞서, 남궁파는 이 자리의 취지와 의의에 대해 설명하고자 했다.

　……하지만. 청중들의 시선은 남궁파를 향하기보다는 그 너머에 있는 다른 곳을 향해 더 많이 쏠려 있었다.

　화용월태(花容月態). 폐월수화(閉月羞花).

　바로 검화 남궁율이 걸어오고 있는 방향이었다.

남궁파는 연단에 올라 외쳤다.

"남궁세가와 여기 모인 영웅동포 여러분들께서는 모두 자유와 평등이라는 신념을 위해 칼을 들었습니다."

그의 기세는 울부짖는 호랑이와 같았고 연단 주위로 울려 퍼지는 내력은 천둥번개의 메아리를 방불케 했다.

"지금 우리는 바로 그 공동체가, 아니 이러한 정신과 신념으로 잉태되고 헌신하는 어느 조직이든지, 과연 오래도록 굳건할 수 있는가 하는 시험대에 올라 있습니다. 북쪽에서는 사도가 패악질을 일삼고, 서쪽에서는 마도가 창궐하고 있으며, 동쪽에서는 오랑캐들이 기승을 부리고, 남쪽에 있는 무림맹의 힘은 나날이 약해져만 가고 있습니다. 이 자리에 있는 우리 모두는 조상 대대로 지켜 왔던 정의와 균형을 수호하기 위하여 우리 스스로를 봉헌하여야 합니다. 그것이 오늘 이 남궁 모가 여러분들을 초청한 이유입니다!"

그때, 남궁파가 연설을 하고 있는 옆으로 남궁율이 걸어왔다.

그 아름답다던 남궁세가의 시비들도 남궁율의 옆에 서자 그저 꽃 옆의 잎사귀들로 전락해 버렸다.

청중은 남궁파의 비장한 연설보다도 인간이 아닌 듯한 남궁율의 미모에 감탄을 금치 못하고 있었다.

"저래서 별호가 검화구나. 과연 명불허전이로다."

"오늘 삽혈맹세에 성검봉송을 하는 주자가 남궁 소저였군."

"등천학관에 수석으로 입학했던 천재라지?"

"문무(文武)에 재색(才色)까지 저렇게 완벽하게 겸비하다니, 같은 인간이 맞나 싶구만."

이윽고, 남궁율이 청중들의 사이를 지나 제단이 있는 방향으로 걸어간다.

그녀는 소매가 하늘하늘 떨어지는 흰 무복(舞服) 차림이었고, 두 손에는 남궁세가의 가보이자 성검인 '어장검(魚腸劍)'을 들고 있었다.

…꼬옥!

남궁율은 칼을 품에 끌어안았다.

이 어장검은 과거 황제가 남궁세가에 직접 하사했다는 성스러운 검으로, 한때 물고기의 몸속에 숨겨져 거사를 치르는 데 일조했다는 전설이 있는 보물 중의 보물이었다.

남궁율은 자신에게로 쏟아지는 수많은 시선들을 받으며 어장검을 더더욱 꽉 움켜쥐었다.

문득, 아버지의 농담이 떠오른다.

'……칼. 누구한테 뺏기면 안 된다?'

그때는 그저 누가 남궁세가의 가보를 건드릴 수 있겠냐며 웃어넘겼지만…… 막상 이 자리에 서니 농담이 그저 농담으로만 느껴지지 않았다.

선망, 동경, 질투, 탐욕…… 다양한 시선들이 그녀의 가슴 팍에 들린 어장검을 향해 내리꽂힌다.

그것은 아직 약관도 되지 않은 소녀가 받아들이기에는 너무나도 거대한 감정들이었다.

하지만 그녀는 부담감을 사명감으로 승화시킬 줄 아는 지혜로운 여인이다.

·남궁율은 시선들을 한껏 만끽하며, 보무도 당당히 제단으로 향했다.

그리고 이와는 별개로, 그녀는 전신에서 휘몰아치는 짜릿한 감각을 느끼며, 자신조차 알 수 없는 쾌감으로 한 발자국 한 발자국을 이어 가고 있는 것이었다.

이윽고. 남궁율은 높은 제단 앞에 섰다.

이 무대는 오로지 이번 의식을 위해서만 축조된 것으로 남궁세가의 드넓은 장원 중에서도 가장 높은 건축물이었다.

남궁율은 천천히 계단을 올랐다.

저벅– 저벅– 저벅–

총 일백여덟 개의 계단이 그녀의 발아래 깔리게 되었다.

이윽고, 그녀는 가주인 남궁파를 포함한 모든 사람들을 내려다볼 수 있는 높은 위치에 홀로 우뚝 섰다.

…화르륵!

봉송해 온 성화가 제단의 네 귀퉁이에 옮겨붙는다.

둥- 둥- 둥- 둥-

밑에서 악공(樂工)들이 울리는 북소리에 불꽃은 거세게 약동한다.

스르릉-

남궁율이 어장검을 빼 들었다.

차가운 칼빛이 흩뿌려지며 퍼런 예기가 제단 아래까지 떨어져 내린다.

"……."

남궁율의 시선을 따라 만인의 시선이 움직이고 있었다.

이윽고, 그녀는 제단 한 구석에 매달려 있는 제물을 향해 걸어갔다.

높게 솟구친 검은 장대에 네 발이 묶여 있는 늑대.

어지간한 호랑이만큼이나 큰 이 늑대는 머리를 아래로 향한 채 혀를 길게 빼물고 죽어 있었다.

거꾸로 매달린 늑대의 밑에는 커다란 구리 쟁반이 놓여 있는 것이 보인다.

남궁율의 임무는 이제 절정을 향해 치닫고 있었다.

스으윽……

그녀는 성검 어장을 높게 들어 올렸다.

곧, 남궁율은 칼을 휘둘러 늑대의 목을 벨 것이다.

그러면 아직 채 식지 않은 늑대의 피가 분수처럼 쏟아져 구리 쟁반에 가득 고일 것이고, 이후에는 안휘성의 패자들이 하나하나 제단으로 올라와 그것을 나누어 마시고 회맹의 맹세를 할 것이다.

그렇게 되면 이번 대연회의 삽혈맹세는 훌륭히, 성황리에 막을 내리게 되는 것이다.

펄럭―

남궁율의 무복 자락이 바람이 휘날린다.

저 하얀 소매는 곧 늑대의 붉고 위험한 피로 촉촉하게 젖어들 것이고, 군중들은 묘한 기대와 흥분, 고양감에 취하게 되리라.

그리고 이를 잘 알고 있는 남궁율은 늑대의 몸에 바로 칼을 대지 않고 사뿐사뿐 주위를 맴돌며, 무복 자락의 너울거림으로 군중의 넋을 들었다 놨다 하고 있었다.

―빈 대(臺)에 황촉(黃燭)불이 말없이 녹는 밤.

―소매는 길어서 하늘은 넓고.

―복사꽃 고운 뺨에 아롱질 듯 두 방울.

―세사(世事)에 시달려도 번뇌(煩惱)는 별빛이라.

무복 자락이 하늘을 덮었다가 땅을 쓸길 반복할 때마다 군중들은 남궁율의 검무에 취해 갔다.

이윽고.

춤사위가 절정에 이르렀다.

제단 아래에서 타오르는 장작불이 남궁율의 얼굴에 기이한 홍조를 드리웠고, 그녀가 가쁜 숨을 몰아쉬며 구슬 같은

땀방울을 흘릴 때마다 관중들의 이마에도 식은 이슬이 맺히고 있었다.

비로소. 남궁율이 어장검을 든 채 늑대의 앞에 섰다.

불길이 가장 높이 치솟고, 향이 가장 짙게 퍼졌을 때, 남궁율은 늑대의 목에 어장검의 날을 드리웠다.

둥― 둥― 둥― 둥―

가죽 북 소리가 더더욱 요란해졌다.

피부 밑까지 떨리게 만드는 진동이 대기 전체를 떨어 울리고 있었다.

이제 피가 쏟아진다.

맹세의 시간이 도래할 것이다.

그것은 피처럼 붉고 칼처럼 날카로우리라.

모든 군중들이 마른침을 삼키며 그것을 기다리고 있었다.

……하지만.

그 뒤에 벌어진 일은 모든 이들의 상식과 기대를 완전히 배신하는 것이었다.

…움찔!

늑대의 몸이 움직였다.

어장검의 날이 닿지도 않았건만, 그것은 마치 살아 있는 것처럼 몸을 떨며 남궁율을 향해 움직인다.

왈칵―

거꾸로 매달린 늑대의 뱃가죽이 갑자기 부풀어 오르는가

싶더니 이내 세로로 쭉 갈라지며, 그 안에서 무언가가 튀어 나왔다.

"……!"

남궁율이 무어라 반응할 새도 없이 불쑥 뻗어 나온 그것은 피로 물들어 있는 한 손바닥이었다.

…콰악!

이윽고, 늑대의 배 속에서 피투성이의 한 남자가 모습을 드러낸다.

그는 상의를 탈의한 채 하의만을 입고 있었으나 온몸이 피에 젖어 있어서 옷을 입은 것인지 벗은 것인지 일견에 분간해 낼 수 없었다.

다만 특이한 것은, 그의 얼굴을 덮어쓰고 있는 새끼 늑대의 머릿가죽이었다.

"……! ……! ……!"

사람이 너무 놀라면 비명조차 나오지 않는다고 했다.

남궁율은 무림 최고의 기재다운 반사신경으로 뒤를 향해 물러섰다.

하지만.

쉬리릭—

괴한의 손아귀는 독사의 아가리처럼 독하고 집요했다.

피에 젖은 손은 허공에서 궤도를 바꾸었고 그대로 남궁율의 목덜미를 향해 떨어져 내렸다.

"이익!?"

그녀는 손에 든 어장검을 휘두르려 했으나 거리가 너무 가까워서 칼은 제대로 휘둘러지지 못했다.

콰―직!

매가 병아리를 채 가는 것처럼, 남자는 시뻘건 손아귀를 벌려 남궁율의 하얀 목을 휘어잡았다.

…우드득!

무시무시한 악력으로 조여드는 손아귀에 붙잡힌 남궁율은 남은 숨을 강제로 토해 냈다.

"커헉!?"

태어나서 처음으로 겪어 보는 남자의 손길이 이렇게 무자비하고 폭력적인 것이라니.

남궁율로서는 태어난 이래 단 한 번도 상상해 본 적 없었던 상황이었다.

"……?"

"……?"

"……?"

창졸간에 벌어진 이 사태에 제단 아래의 청중들도 무슨 일이 벌어졌는지 이해하지 못했다는 반응들이다.

아까도 말했듯, 사람이 너무 비현실적인 상황을 눈앞에 목도하게 되면 멍하니 굳어 버리는 법이었다.

그리고 늑대 가죽을 뒤집어쓴 괴한은 바로 그 틈을 적절하게 이용하여 상황의 주도권을 순식간에 제 손에 떨어트려 놓았다.

···텅! ···터엉! ···땅그랑!

어장검의 칼집이 제단 바닥에 몇 번 튕기고는 지면 아래의 흙바닥으로 떨어져 내렸다.

그제야 남궁파가 정신을 차렸다.

"웨, 웬 놈이냐!"

남궁세가의 무사들이 칼을 뽑아 들고 제단 아래로 달려갔으나 아무도 위로 올라가지는 못했다.

그도 그럴 것이, 어느새 괴한의 손으로 넘어간 어장검이 남궁율의 목젖을 깎아낼 듯 드리워져 있었기 때문이다.

꾸우욱―

흰 살을 눌러 오는 시퍼런 예기에 남궁율이 눈을 질끈 감았다.

사내에게 붙잡힌 뒷목은 마치 맹수의 이빨에 단단히 물려 있는 듯했다.

꽉 들어찬 근육과 지독하게 풍겨 오는 피비린내, 늑대 털의 빳빳한 질감.

이 모든 것들이 남궁율을 압도하고 있다.

감히 조금의 딴생각도 품을 수 없게, 항거하겠다는 마음 자체가 싹틀 수 없도록 우악스럽게 짓누르고 있었다.

남궁세가 안에 모인 모든 이들의 시선을 한 몸에 받으며,

이윽고 늑대의 아가리가 벌어졌다.

"……남궁세가의 개새끼들은 듣거라."

모두의 입을 딱 벌어지게 만드는 발언이었다.

다음 권으로 이어집니다

공정거래
위원회

현우 현대 판타지 장편소설

중소기업 후려치던 인간 탈곡기 공정거래위원회 팀장이 되다!

인간을 로봇 다루듯 쥐어짜며
갑질로 무장한 채 한명그룹에 충성을 바쳤지만
토사구팽에 교통사고까지 난 성균
깨어나 보니 다른 사람의 몸이다?

새로운 몸으로 눈을 뜨고 나자
비로소 갑질당한 그들의 눈물이 보이는데……
이번 생엔 그 죄를 참회할 수 있을까?

죽음의 문턱에서 얻은 두 번째 삶!
대기업의 그깟 꼼수, 내 눈엔 다 보여!

빌런 경찰 이진우

이해날 현대 판타지 장편소설

사령왕 카르나크

임경배 판타지 장편소설

『권왕전생』『이계 검왕 생존기』의 작가 임경배 신작!
죽음의 지배자, 사령왕 카르나크의 회귀 개과천선(?)기!

세계를 발밑에 둔 지 어언 100년
욕망도 감각도 없이 무심히 흘러가는 세월 속에서
결국 최후의 수단으로 회귀를 결심한 사령왕 카르나크!

충성스러운 심복, 데스 나이트 바로스와 함께
막 사령술에 입문한 때로 회귀하는 것도 성공!
한 맺힌 먹방을 만끽하는 것도 잠시
뭔가 세상이…… 내가 알던 것과 좀 다르다?

세계의 절대 악은 아직 아무 짓도 하지 않았는데
멸망을 향해 미친 듯이 달려가는 이 세상
저 악의 축들을 저지해야 한다,
인간답게(!) 잘 먹고 잘 살기 위해서는!

꿈의 도약, 로크에서 하십시오
(주)로크미디어에서 신인 작가를 모십니다

즐거운 세상, 로크미디어는 꿈을 사랑하고 도전을 두려워하지 않는 작가 분들의 참신한 작품을 기다리고 있습니다. 21세기 장르 문학계를 이끌어 갈 차세대 선두 주자 (주)로크미디어에서 여러분의 나래를 활짝 펴 보시길 바랍니다.

모집 분야 판타지와 무협을 포함한 장르 문학
모집 대상 아마추어 작가, 인터넷 작가
모집 기한 수시 모집
    작품 접수 시 유의 사항
        1. 파일명은 작가명_작품명.hwp형식을 갖춰 주십시오.
        1. 파일에 들어갈 내용은 다음과 같습니다.
            — 성명(필명인 경우 실명을 밝혀 주세요), 연락처, 이메일 주소
            — 제목, 기획 의도
            — A4용지 1장 분량의 등장인물 소개
            — A4용지 2장 분량의 전체 줄거리
            — 본문
        1. 작품이 인터넷에 연재되고 있다면, 게시판명과 사이트의 구체적이고 정확한 주소를 기재해 주십시오.

선택된 작품은 정식 계약 후 출판물로 간행되어 전국 서점에 유통됩니다.
작가 분은 (주)로크미디어의 전폭적인 지원하에 전속 작가로 활동하시게 됩니다.
※ 자세한 내용은 로크미디어 홈페이지(rokmedia.com)를 참조하세요.

(04167)서울시 마포구 마포대로 45 일진빌딩 6층
(주)로크미디어 편집부 신간 기획 담당자 앞
전화 : 02) 3273-5135
www.rokmedia.com   이메일 : rokmedia@empas.com